졸업해도 되나요

졸업해도 되나요

열아홉의 기쁨과 슬픔

신미나 송희지 안미옥 정유한 임국영 이현석 구달 권누리

창비교육

차례

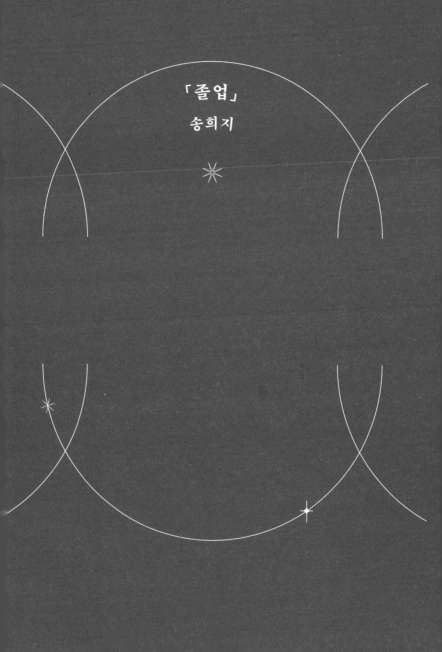

「졸업」

송희지

송희지

시인. 2019년 『시인동네』 신인 문학상을 수상하며 작품 활동을 시작했다. 「졸업」
이라는 시를 써 두고 남몰래 간직하는 중이다.

재작년이었을까요. '졸업'이라는 제목의 시를 쓴 적이 있습니다. 졸업식을 기념하여 동급생의 이름을 하나하나 불러 주고는, 함께 미래로 도약할 것을 기약하는 화자가 등장하는 시였습니다. 함께했던 교실 청소를, 수학여행 갔던 기억을, 나눠 먹은 떡볶이, 치킨, 피자 들을 회상하는 시였습니다.

시를 다 쓰고 나서는 조금 울고 싶어졌는데, 그 모든 장면이 내겐 너무 멀리 있음을 깨달았기 때문이었습니다.

나는 2018년 봄, 경기도의 한 예술 고등학교 문예 창작과에 입학했다 초여름에 자퇴했습니다. 이듬해 검정고시에 합격했고 대입의 한 병졸이 되었으며 그해 가을 모 대학으로부터 수시 합격 통지를 받았습니다.

그리하여 내게 고등학교 졸업은 불과 몇 년 전에는 나의 가장 큰 과제였고 치열하게 통과한 관문이었던 동시에 끝끝내 발 들여 보지 못한 어떤 세계로 남았습니다.

비 오기 직전의 공기. 등에서 번지는 땀의 점성. 가방 속 덜컹거리는 책들. 나와는 무관한 방향으로 나아가는 차들. 그물처럼 얽힌 횡단보도와 깜박깜박 신호등.

2018년의 6월을 기억합니다. 익숙한 등굣길을 거슬러 지나치던 어느 하루를요. 삼 개월의 고등학교 생활을 뒤로 한 채 자퇴 신청서를 내고 오는 길이었습니다. 가는 도중 비가 쏟아졌고 나는 흠뻑 젖은 채로 자취방 다용도실에 걸어 둔, 아직 몇 번 입은 적도 없는 하복을 떠올렸습니다. 끝이라는 말의 습도를 알 것 같다고, 그날 나는 생각했습니다.

자취하던 방을 정리하고 본가로 돌아오니 마냥 쉬고 싶다는 생각만 들었습니다. 그때부터 해 뜨기 직전에 잠들어

오후에 일어나는 생활을 반복했습니다. 몇 개월 전에 유행하던 TV 프로그램 — 전국의 고등학생 래퍼들이 나와 경연을 펼치는 내용의 — 을 보기도 했는데 거기에는 나처럼 자퇴를 선택한 학생이 많았습니다. 그들이 많은 관객 앞에서 공연하고 환호를 받는 모습을 보면서 여러 생각이 교차했습니다.

그 뒤로 자려고 침대에 눕기만 하면, 성공과 입신양명의 귀신들이 나타나 자꾸만 귀에 불안을 불어넣었습니다. 일찍 잠자리에 들려고 해도 그럴 수 없는 생활이 계속되었습니다. 남들이 다 잠들 시간에도 반강제적으로 시를 쓰고 고치곤 했습니다. 강박이 있었습니다. 그때 나에게 시를 쓰는 일이란 나의 실패(당시 나는 나의 선택을 그런 식으로 규정했습니다)에 당위성을 부여해 주는 일이었으며 시란 곧 보증서였습니다. 나는 고리타분한 영감과 비유로 쓰인 보증서를 차곡차곡 쌓아 가며, 그러함에도 무언가 남는 것이 없다는 생각에 두려워 몸을 움찔거리곤 했습니다. 그건 은막 위 귀신이나 피칠갑을 한 악당들을 마주할 때와는 다른 종류의 공포였습니다. 중요한 것은 아무것도 이뤄 내지 못했다는 사실이었습니다.

두려움은 둔탁하게 튀어 오르는 공 같은 것이 아니라 실핀이나 밤송이, 막 깎은 연필의 촉과 비슷한 모양을 하고 있다는 것을, 많은 밤들을 떠나보내고 난 뒤에 나는 알게 되었습니다.

자퇴를 하고 난 후 몇 달간은 부끄러움의 연속이었습니다. 장래에 대한 막연한 불안 속에서, 무엇보다 중요했던 건 엉겁결에 학교 바깥으로 이탈해 버린 나 자신의 처지에 대한 적응이었습니다.

가끔 (전) 반 친구들의 블로그에 들어가 근황을 볼 때면, 그 모든 일들이 더는 나와 아무런 연관도 없게 되었다는 사실에 흠칫 놀라곤 했습니다. 방학을 했다는 말에 '그렇군, 나는 365일 방학인데.'라고 생각하거나 무슨무슨 백일장에 갔다는 말에 '그렇군, 나는 이제 거기 못 나가는데 (학교 밖 청소년의 참가를 허가하지 않는 백일장들이 꽤 있었습니다).'라고 생각하기도 했고요. 보통의 사람들과 다른 성장사를 겪고 있다는 게 무서울 만큼 부끄러워져, 멍을 때리는 것만으로 하루를 보내는 날도 있었습니다. 다름에 익숙해지는 데에는 생각보다 많은 시간이 필요했습니다.

"저는 학교를 자퇴했어요." 자퇴를 한 뒤에야, 나는 일상생활에서 그런 말을 쓸 데가 생각보다 자주 있다는 것을 알게 되었습니다. '남들이 모두 학교에 가 있는 평일 낮에 대로변과 상가를 돌아다니는 청소년'이 생각보다 눈에 띈다는 것도요. 그런 고백을 하는 것이 결코 부끄럽지는 않았습니다. 다만 왠지 배를 누르면 녹음된 음성—'사랑해'나 '고마워' 따위의—을 내뱉는 테디 베어 비슷한 것이 되어버린 느낌이 들어 기분이 묘했을 따름입니다.

그런 말을 반복하는 것, 또 그에 뒤따라올 남들의 걱정 어린 말들이 지겨워 그해의 추석 연휴는 집에서만 보냈습니다. 성묘를 하러 가는 가족들을 배웅한 뒤, 홀로 현관에 들어서자 전보다 더욱더 넓고 희부윰한 집이 눈앞에 있었습니다. 냉장고에 든 반찬으로 끼니를 때우고 티브이 앞에 앉으니 어쩐지 빈방의 기분을 갖는 것 같았습니다. 그런 상태라면 시라도 잘 써질까 싶어 노트북 앞에 앉았다가 그대로 곯아떨어져 버리고 말았습니다.

　이듬해 2019년에는 크고 작은 변화들이 있었습니다. 학교 근처에서 자취를 하게 된 누나를 따라 시흥으로 이사를 오게 되었고, 문예지 신인 문학상에 당선되었습니다. 검정고시에 붙게 된 것도 그해 4월의 일이었습니다. 나는 인천의 한 초등학교에서 시험을 보았는데, 시험장에는 이십 대 젊은이부터 오륙십 대 어르신에 이르기까지 다양한 유형의 사람들이 있었습니다. 남녀노소 가리지 않고 옹기종기 좁다란 초등학교 교실에 모여 시험을 치다니, 신선한 경험이 아닐 수 없었습니다. 문제는 예상보다도 훨씬 쉬웠고(전국의 자퇴생과 예비 자퇴생분들, 절대 걱정하거나 두려워하지 마세요!), 나는 그럭저럭 적당한 성적으로 시험에 합격할 수 있었습니다.

　아무튼 이전에 목표했던 여러 가지를 연초부터 이룬 덕에, 전보다는 가벼운 마음으로 하루하루를 보낼 수 있었습니다. 자퇴생에겐 '시간을 막 쓰는 것'도 상당히 중요한 임무인데 전보다 덜 죄스럽게 주어진 임무를 다할 수 있어 기뻤습니다.

「졸업」이라는 시를 썼던 것도 그즈음이었습니다. 어느 날 맥도날드에 가기 위해 집을 나서는 길에, 버스 정류장에 여럿이 모여 떠드는 학생들을 보았습니다. 핑크빛 생활복을 입은 채로 모여 앉은 그들 무리는 내가 그들과 한참 멀어진 뒤에도 눈에 띌 정도로 화사했습니다. 오후 한두 시의 거리에 왜 학생들이 있을까. 주문한 햄버거를 기다리며 골똘히 생각하다가, 요즘이 딱 중간고사를 치를 시기라는 것을 깨달았습니다. 내가 마지막으로 중간고사를 친 게 언제였더라. 마지막 중간고사를 칠 때 나는 어땠더라. 나의 (전) 학교. 나의 반. 그리고 그 애들……. 삼 개월의 짧은 시간 동안 나와 같은 반이었던 친구들 여럿을 떠올리다가, 나는 「졸업」을 썼습니다. 엎질러지듯 방바닥에 퍼진 채로, 햄버거의 복잡 다양한 식감을 우걱우걱 음미하면서.

다 쓰고 나니 그것은, 한 편의 시라기보다는 '졸업'하는 감정에 대한 상상도에 가까워 보였습니다.

나는 그 시를 어느 지면에도 발표하지 못했습니다.

「졸업」을 다 쓰고 나서, 잠깐 생각에 잠겼던 것도 같습니다. 학교에 다닐 적 나는 어떤 학생이었을까요. 내가 계속 학교에 다녔더라면 지금쯤 어떤 생활을 하고 있었을까요.

나는 말수가 적고 유머 감각과 눈치가 떨어지는 애였으며 쉬는 시간이면 책상에 압정처럼 박혀 낙서를 끄적이던 학생이었습니다. 친구 사귀기를 힘들어해서 곁에 둔 친구가 늘 적었고, 그럼에도 불구하고 외로움엔 누구보다 민감하게 굴곤 했습니다.

중학생일 때 나는 읽기와 쓰기에 열심이었고 가끔 교외 백일장에서 상을 타 오곤 하는, 특별할 것 없는 청소년 문학도였습니다. 국어 선생님께 써 둔 시를 보여 드릴 만큼 열정이 넘쳤고(당시 국어 선생님의 평가는 '겉멋이 들었다'가 다였지만요) 문예 창작과 관련된 고등학교에 진학해 작가의 꿈을 키울 생각에 한창 기대를 품기도 했습니다.

고등학교에 다니게 되면 밝고 유머 있고 외향적인 아이로 탈바꿈해야겠다 다짐한 것이 중학교 졸업을 앞둔 2017년 겨울이었는데요, 웬걸, 막상 고등학생이 되고 나니 예전과 별반 달라진 것이 없었습니다. 나는 오히려 더더욱 재미없고 센스 없고 비관적인 애가 되어 있었습니다. 학교 생활도 내가 상상해 왔던 것과는 많이 달랐습니다. 내가 경험한 고등학교 생활이란 '해야 하는 것'과 '하고 싶은 것'의 끊임없는 충돌이었고, 그때 나는 그런 갈등을 견뎌 낼 만큼 단단한 사람이 못 되었던 것 같습니다.

만약 버텨 냈더라면 하는 가정을, 이전에도 몇 번 해 본 적이 있습니다. 이를테면 누군가가 내게 결정을 후회하지 않느냐고 물어 올 때라든가, 친구들로부터 학교 소식을 전해 들을 때. 지금보다 행복했을까. 비교적 걱정 없는 생활을 하고 있지 않을까. 뒤따라오는 질문들은 많았지만, 나의 결론은 언제나 같았습니다. 불필요한 생각이라는 것.

나는 내 선택에 대해 어떤 후회도 하고 싶지 않았습니다. 나중에 계속해서 후회해야 할 만큼 자신 없는 선택을 한 사람이 있다면, 그야말로 세상에서 가장 불행한 사람일 것 같았습니다.

그래서 나는 하던 생각을 멈추곤, 다시 「졸업」을 들여다보았습니다. '내가 너무 감상에 젖었군.' 자조하면서요. 그저 보통의 학생들과 조금은 다른 길을 걷고 있을 뿐이라는 것을, 나는 스스로 상기했습니다. 그러자 모든 것이 다행처럼 여겨졌습니다.

시흥에서의 자취 생활은 한없이 무료하고 평화로웠습니다. 함께 사는 누나는 학교에 갔다가 밤이 되어서야 돌아오곤 했으므로, 나는 13평짜리 투룸 아파트를 거의 혼자 쓰다시피 했습니다. 나는 시를 쓰거나 책을 읽거나 그림을 그리며, 햄버거를 사 먹거나 딴짓하거나 영화를 보며 내게 주어진 시간을 탕진하는 데에 열중했습니다. 나 홀로 이렇게 많은 시간을 가져도 될까 매일같이 들곤 하는 의문을 견뎌 내는 건 자퇴생의 특별할 것 없는 일과 중 하나였습니다.

고등학교에 재학 중인 누나와 고졸 학력을 취득한 한량 남동생의 묘한 동거가 끝나게 된 것은 2020년 1월의 일이었습니다. 누나가 3년간의 학교생활을 마치고 졸업하게 된 겁니다. 누나의 졸업식은 학교 전통에 따라 근방의 한 호텔에서 치러졌습니다. 졸업 작품을 준비해야 한다던 누나는 졸업식 몇 주 전부터 넋이 반쯤 나간 상태로 집을 오갔고 늦은 저녁이 되어서야 집에 돌아왔습니다. 방바닥에 누워 시 같은 것이나 끄적이는 나의 게으름이 죄스러워질 만큼 누나는 바빠 보였고 '졸업이란 저렇게 고된 것이군.' 하며 나는 고개를 끄덕이게 되었습니다.

누나의 졸업식 날을 기억합니다. 버스를 타고 이십 분을 달려 도착한 호텔은 졸업식을 위해 방문한 차들로 가득했습니다. 가족들과 함께 안으로 들어가자 흰 조리복을 입은 누나가 우리를 맞이해 주었습니다. 누나의 모습은 마치 다른 사람을 보는 듯 낯설었고 그 순간 나는 내가 알지 못하는 누나의 시간 중 한 단면을 목격했다는 걸 깨달았습니다.

졸업식이 있기 전 몇 분의 시간 동안 우리는 누나와 다른 학생들이 만든 졸업 작품을 구경했습니다. 식재료들로 만들었다곤 믿을 수 없을 만큼 근사했고 하나같이 공들여 만든 티가 났습니다. 만든 이들이 학교에서 치렀을 삼 년간의 고투가 눈앞에 그려지는 것도 같았습니다. 부패를 방지하기 위해 작품에 바른 용액이 햇볕을 받아 반짝이는 것을, 나는 물끄러미 바라보았습니다. 몇 달 전 고등학교 친구들이 초대한 문학제에 갔던 기억이 어렴풋이 떠올랐습니다. 가벽에 걸린 시와 소설들, 그 주변을 장식한 오브제들. 그것은 모두 친구들이 손수 기획하고 제작한 것이라고 했습니다.

공들여 만든 것에는 언제나 빛이 맺히는 걸까.

나는 오래도록 그 앞에서 눈을 떼지 않았습니다.

조금 뒤, 멀리서 졸업식이 시작된다는 방송이 들렸고 사람들이 일제히 한 방향으로 모여들기 시작했습니다. 수많은 사람들 틈에 끼어 앉아 나는 누나의 졸업식을 구경했습니다. 묵념을 했고 애국가를 제창했고 이름 모를 선생님의 긴 졸업 축사와 후배들의 고별사를 들었습니다. 연단 위에 차례로 올라 졸업장을 건네받는 졸업생들을 한 명 한 명 지켜보았습니다. 장내에는 박수가 끊이지 않았고 기쁨과 아쉬움의 눈물이 번갈아 오갔습니다. 청소년의 옷을 벗고 성인이 되는 분기점이니만큼 장내의 분위기는 엄숙했고 또 고조되어 있는 듯했습니다.

졸업생들이 다 함께 몇 년간 써 온 조리모를 허공에 던져 버리는 것으로, 그날의 행사는 끝을 맺었습니다. 장내를 빠져나가려고 움직이거나 사진을 찍기 위해 돌아다니는 사람들 틈에서 나와 가족들은 가만히 누나를 기다렸습니다.

누나를 기다리는 동안, 나는 잠시 건네받은 졸업 앨범을 펼쳐 보았습니다. 교복을 입고, 살짝 경직된 미소를 지은 수백 개의 얼굴들이 그 안에 들어 있었습니다. 그것은 마치 그림으로 이루어진 한 권의 소설 같았습니다. 나는 여러 장의 단체 사진 속에서 누나의 얼굴을 찾아보면서 시간을 때웠습니다. 졸업식 날 앨범을 받고 나면 나는 언제나 책자 속에서 내 얼굴을 가장 먼저 찾아보곤 했습니다.

누나는 그새 친구들의 인사말을 빼곡히 채워 넣은 조리

복을 들고 우리를 찾아왔습니다. 졸업식장을 빠져나온 우리는 아무 일도 없었다는 듯 빠르게 집으로 돌아갈 준비를 마쳤습니다. 그러나 우리를 실은 차가 삽시간에 호텔로부터 멀어질 때, 그날의 졸업생도 아닌 나는 어쩐지 축축한 기분이 들었습니다. 슬픔은 아니었습니다. 그러니까, 나로부터 무언가가 끊임없이 멀어지고 있다는 기분.

　　그날 밤, 나는 오랜만에 나의 귀신들을 만났습니다.
　　내가 잠들지 못하도록 머리맡에서 쉬지 않고 떠들어 대는 그 시커먼 입들은, 내게 졸업식에 가게 된 소감을 물었습니다. 슬프지 않냐고, 학교를 다니던 시절이 그립지 않냐고요.
　　나는 잠깐 생각에 빠졌지만, 이내 고개를 저었습니다. 그러곤 그들의 집채만 한 이빨을 쓰다듬어 주며 대답했습니다. 나는 그 순간 단지 위로하고, 위로받고 싶었던 것뿐이라고요. 이 세상 어디에나 있을 나와 같은 친구들 ― 남들과 조금 다른 방식의 졸업을 맞이한 그들 ― 을 만나서 「졸업」의 마지막 문장을 함께 읽고 싶을 뿐이었다고요.

나는, 사실 「졸업」의 마지막 문장은 내가 중학교를 졸업할 즈음 썼던 시에서 가져온 것이라는 말도 덧붙였습니다. 그러니까 그 문장 속엔, 졸업을 겪어 낸 나와 그렇지 못한 나의 사유가 공평하게 담겨 있다는 것을요.

그날 밤, 나는 나의 귀신들이 모두 깊은 잠에 빠질 때까지, 그 곁에서 오래도록 「졸업」의 마지막 문장을 읊조려 주었습니다.

"분실 축하해."

그것이 시 「졸업」을 끝맺는 마지막 문장이었습니다.

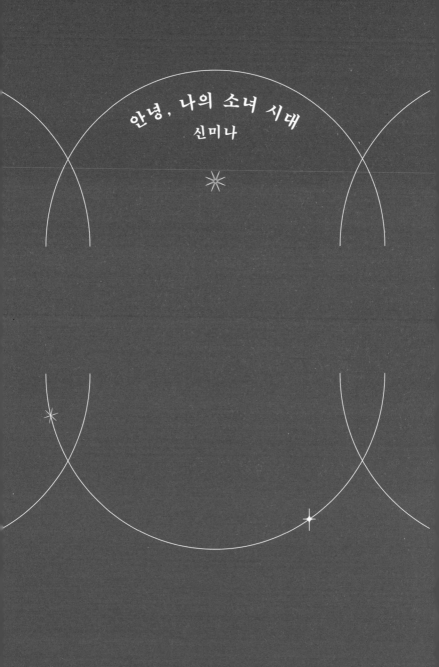

안녕, 나의 소녀 시대

신미나

신미나

시 쓸 때는 신미나, 그림 그릴 때는 싱고이다. 2007년 『경향신문』 신춘문예로 등
단했다. 시집 『싱고라고 불렀다』, 『당신은 나의 높이를 가지세요』, 시툰집 『詩누
이』, 『안녕, 해태』(전 3권), 『서릿길을 셔벗셔벗』 등을 쓰고 그렸다. 게으른 문방구
주인을 꿈꾸던 학창 시절을 보냈다. 부모님 몰래 수능을 보던 추운 겨울날, 소녀
시대를 졸업했다.

※

"탁, 타다다닥, 띵! 드르륵!"

"탁! 타다다닥"은 글자 쇠가 캐리지를 칠 때 나는 소리
고, "띵!"은 한 줄 끝까지 타자를 쳤을 때, "드르륵!"은 리턴
레버를 돌려 줄 바꿈 할 때 나는 소리다.

매미 소리보다 타자 소리가 울창했던 교실, 나는 졸린
눈으로 공상에 빠지기 일쑤였다. 가령, "띵!" 하는 종소리
는 오븐 타이머가 다 돌아갔을 때 들리는 소리와 비슷한
데, 글자가 바삭하게 구워져 타자기 밖으로 나오는 상상
같은 것.

7반은 입학 성적이 우수한 학생들을 추려 모은 반이었

다. 1반부터 6반까지는 상과商科였는데, 7반만 '정보 처리과'라고 불렸다. 상과 반은 3년 동안 해마다 학우들이 바뀌었지만, 정보 처리과는 바뀌지 않고 그대로 같은 반이 올라갔다.

정보 처리과는 주판처럼 오래된 도구부터, 뒤통수가 이티처럼 튀어나온 IBM PC까지 두루 배웠다. MS-DOS나 GW-BASIC을 배우던 1993년도의 일이니, 이 글을 읽는 독자가 글을 읽기도 전에 '나 때는 말이야'로 시작하는 얘기가 나오겠다며 한숨 쉬어도 어쩔 수 없는 노릇.

자격증 취득은 상업 고등학교(지금은 특성화 고등학교라 부른다) 학생에게 중요한 수행 과제였다. 1학년 때 주산, 부기, 타자 자격증 4급, 2학년에 3급, 3학년에 2급을 취득해야 했다. 3학년이 되면 성적에 자격증 점수만 40%를 반영할 정도로 비중이 높았다.

부기 시간에는 대차 대조표를 작성했다. 공책에 자를 대고 T 자로 붉은 줄을 긋고 왼쪽에는 자산, 오른쪽에는 부채와 자본을 기록했다. 총자산이 총부채와 총자본을 더한 합계와 일치해야 했다.

나의 부기 성적이 바닥을 치자 부기 선생님은 수업 시간마다 나를 지목했고, 나는 번번이 오답을 말했다. 그러면 선생님은 어떻게 그 숫자가 나오는지 설명해 보라고 하셨다. 선생님, 역산이 더 어렵습니다.

주산 과목도 어렵기는 마찬가지였다. 주산 선생님 별명은 '쌍꺼풀'이었는데, 이런 별명이 붙은 사연이 따로 있었다. 옆자리에 앉은 순하가 키들거리며, 주산 선생님 얼굴 좀 보라고 했다.

주산 선생님은 원래 순두부처럼 하얗고 포동포동했는데, 마침 체육대회가 끝난 뒤라 얼굴이 가무잡잡하게 탄 상태였다. 그런데 눈꺼풀에 뭔가 흰 게 붙어서 깜빡였다.

쌍꺼풀 테이프를 붙였나? 자세히 보니, '흰 것'의 정체는 쌍꺼풀 테이프가 아니고 선생님의 쌍꺼풀이었다. 눈두덩이 깊어서 쌍꺼풀만 타지 않고 하얗게 남았던 것이다.

'쌍꺼풀' 선생님은 스님이 염불을 외듯 리듬을 타며 호산했다. "떨고, 놓기를!" 명령이 떨어지면, 우리들은 출발선 앞에 선 스프린터처럼 엄지와 검지로 좌르륵, 주판을 그었다.

"13,342원이요, 152원이요오, 5,012원이요." 누에가 일제히 뽕잎을 갉아 먹듯이 교실 안이 주판알 튕기는 소리로 가득 찼다. 어느 반이나 능력자가 있는 법. 공부도 1등, 주산 실력도 좋았던 효순이가 손을 번쩍 들고 "완!完"을 외쳤다. 결승선을 코앞에 두고 숫자를 놓친 애들은 "아." 하고 짧게 탄식했다.

4급은 어지간히 따라잡을 만했는데, 3급부터 난이도가 올라갔다. 오른손으로 소수점이 들어간 수를 빼고, 곱하고, 나누고, 왼손으로 전표까지 착착 넘겨야 했다.

나는 아버지가 쓰던 주판을 물려 썼다. 일본식으로 개량된 죽산竹算이었는데, 위에는 한 알, 아래에는 네 개의 주판알이 꿰어 있었다. 친구들은 대개 옥산 주판을 썼다.

날이 궂으면 습기를 먹어 그런지, 주판알이 뻑뻑했다. 새 주판을 사 달라고 말했더니, 아버지께서 말없이 주판을 들고 광으로 가셨다. 주판을 쌀가마니에 넣고 몇 번 문대더니 나에게 되돌려 주셨다. 그러자 주판알이 기름칠이라도 한 듯 매끄럽게 움직였다.

아버지는 내가 상고를 졸업한 뒤, 농협이나 은행에 취

직하길 바랐다. 막내딸이 어련히 알아서 공부하겠거니, 철석같이 믿고 있었다. 숨이 막혔다. 지옥이 있다면 세상에서 가장 큰 주판과 자를 주고, 빼곡하게 대차 대조표를 그리게 하는 곳이리라. 정답을 못 맞히면 빠져나갈 수 없는 지옥. 빨간 빗금이 창이 되어 꽂히는 지옥. 도망치고 싶었다. 가방 안에서 주판이 찰찰거리도록 달리고 싶었다.

선생님들로부터 하등 쓸데없다고 지적받았던 '짓'은 얼마나 고소했던가. 나는 수업 시간마다 선생님의 레이더망을 피해 '쓸데없는 짓'에 몰두했다. 친구들의 증명사진을 모아서 다이어리를 꾸미거나, 지우개 도장을 파거나, 연필을 깎아 키 순서대로 필통에 넣었다. 가지런히 놓인 연필을 보면 든든했다. 특히, 연필 깎기는 나의 무심한 취미였다.

홈에 연필을 넣으면 이중 날이 물리는 기차 모양 샤파도 가지고 있었다. 레버를 그르륵 돌리면 부채꼴로 연필밥이 나왔다. 샤파 속에 들어갔다 나온 연필은 매끄럽게 깎였지만, 빨리 깎여서 어쩐지 시시했다.

샤프펜슬 심은 걸핏하면 똑 부러졌다. 매번 심을 바꾸

는 것도 성가셨다. 특히 시험 기간에는 샤프펜슬 꼭지를 눌러 대는 소리가 시계 초침 소리와 비슷하게 들렸다. 초조한 기분이 들어서 별로 좋아하지 않았다.

연필 깎는 묘미를 느끼려면, 다소 귀찮더라도 문구용 칼을 사용해야 했다. 어떤 연필은 나뭇결이 부드럽게 나가면서 향이 났다. 조그만 옹이를 박은 듯 칼날에 순순히 밀리지 않는 고집스러운 연필도 있었다.

도루코 칼은 내 손바닥과 맞춤한 크기여서 그립감이 좋았다. 생김새는 작두처럼 살벌했지만, 접이식이라 휴대하기 편했다. 검은 손잡이 하단에는 칼날을 뺄 수 있게 반달 모양의 음각이 새겨졌고, 물고기 눈동자처럼 생긴 리벳이 박혀 있었다.

연필을 누이듯 아래로 기울여 잡고, 오른손 엄지로 칼을 살살 밀면 연필밥이 일어섰다. 혀를 대 보면 나뭇결은 미지근했지만, 흑심은 시원했다. 사악, 얇게 밀린 연필밥은 일어서는 파도 모양이었다. 나무로 조각한 파도. 입천장에 닿으려는 혀. 끝이 말려 올라간 채 정지한 물.

종류도 다양하고 아기자기한 문구가 좋아서, 어른이 되면 문방구를 차리고 싶었다. 상상 속의 문방구는 적당히 지저분하고, 어질러져야 한다. 그래야 까치처럼 까부는 아이들이 가게 문턱을 넘나들겠지. 두 명이 누워도 남을 정도로 널찍한 평상도 필요하다.

한 손은 쭈쭈바, 한 손은 추리닝 주머니에 손을 찔러 넣고서, 기분 내킬 때만 가게 문을 열고 싶었다. 청소하기 귀찮으면 먼지떨이로 돼지 저금통에 쌓인 먼지나 풍풍 터는 시늉만 하면서.

온종일 빈둥거리다가 시큰해지면 어린 손님들에게 '조금 무섭고 이상한 풍선 게임'을 제안하고 싶었다. 규칙은 간단하다. 풍선을 크게 분 다음, 빵 터트릴 것이다. 풍선이 터질 때 절대 눈을 깜빡여선 안 된다. '눈 깜빡임'을 이겨 낸 용기 있는 아이에게는 상을 줘야지. 물론 눈을 깜빡이지 않았다고 우기는 목소리 큰 아이도 있을 게다. 몇 번은 선심을 써 줄 수 있지만, 이문이 남아야 하니까 게임을 하기 전에 미리 참가비를 걸 것이다. 아차! 학부모들이 위험하고 이상한 게임을 한다고 항의를 할지도 모른다. 아니면

한 글자도 틀리지 않고 동화책을 소리 내어 읽은 아이에게 선물로 동화책을 줘야지. 망하려나.

문방구 주인이 되려면, 월세 걱정을 하지 않아도 될 정도로 살림이 푼푼해야 할 텐데. 아이들은 학원 다니느라 바쁘고, '준비물 없는 학교' 운동 때문에, 문방구가 점차 사라지는 추세라 나의 장래 희망은 희망 사항으로 남게 되었다. 연필 꼭지를 깨물며 '세상 한가하고 장난기 많은 문방구 주인'을 꿈꿀 때, 친구들은 착실히 3급에서 2급으로 자격증 급수를 올렸다.

점심시간이 가까워지면, 졸린 눈에 반짝 생기가 돌았다. 이미 미어캣처럼 목을 빼고, 출입문을 노려보는 친구도 있었다. 매점에 늦게 가면 빵이 매진되고야 만다. 특히 고로케는 금세 바닥났다. 은정이와 나는 빵을 쟁취하기 위해 호다닥 튀어 나갔다. 청설모 꼬리 같은 머리를 질끈 묶고, 교복 치마 안에 체육복 바지를 입고 복도를 달렸다.

전속력으로 달리던 중에 내 실내화 한 짝이 훌렁 벗겨

졌다. 그 모습을 보고 은정이가 폴더 폰처럼 허리를 접었다 폈다 하면서 깔깔댔다. 나는 괘씸해서 은정이의 실내화한 짝을 억지로 벗기려고 힘을 썼다. 은정이 역시 실내화를 뺏기지 않으려고 요리조리 몸을 돌렸다.

한쪽 팔을 비틀어 겨드랑이를 공략하자, 은정이가 오징어처럼 배배 몸을 꼬면서 주저앉았다. 그 틈을 타서 은정이의 실내화 한 짝을 빼앗아 복도 끝으로 휙 던졌다. "아오, 배 땡겨." 은정이랑 나는 뭐가 그렇게 우스운지 배가 아프도록 웃었다. 웃고 또 웃느라 숨이 차서, 벽에 손을 대고 숨을 골랐다. 눈이 마주치자 약속이라도 한 듯이 2층 매점을 향해 깨금발로 뛰었다.

은정이와 내가 클럽 활동으로 '문예부'를 선택한 이유는 간단했다. 문예부 담당이었던 국어 선생님은 학생들이 엎드려 자도 혼내지 않았기 때문이다. 국어 선생님은 마른 체격에 키가 컸고, 느릿느릿 걸었다.

그날은 유독 클럽 활동을 하기 싫어서 몸이 비비 꼬였다. 장난칠 궁리를 하다가 칠판에 "문예부 야외 수업, 뒷산으로 모일 것!"이라고 적고 뒷산으로 도망갔다.

얼마 지나, 언덕 아래에서 기린처럼 솟은 국어 선생님의 머리가 천천히 올라오는 게 보였다. 국어 선생님은 손을 흔드는 우리들을 발견하고는 못 말린다는 듯이 힘없이 걸어오셨다.

선생님은 평소에도 말수가 적은 편이었다. 먼저 묻는 말 외에는 별다른 말을 하지 않으셨다. 갈대와 억새를 어떻게 구분하느냐고 묻자, 갈대는 주로 물가에서 살고 억새는 산에서 산다고 했다. 갈대는 고동색, 억새는 은색이라고 했다.

뒷산을 내려가면서 목이 마르다고 졸랐더니, 국어 선생님이 주머니를 털어 아이스크림을 사 주셨다. 달고 시원했다. 고개를 들어 보니 하늘은 소다색. 그제야 우리가 올랐던 언덕에 은빛 비늘처럼 반짝이는 억새가 보였다.

3학년 2학기가 되자, 선생님은 주산과 타자, 부기 자격증이 '사회'로 나가기 위한 무기라고 말했다. 무기를 착실히 갈고닦은 학생은 축협이나 은행, 혹은 중소기업 경리로 현장 실습을 나갔다. 적지 않은 수의 학생들이 기흥에 있는 반도체 공장이나, 대전 산업 단지로 떠났다.

'사회'라는 전쟁터에 나가기도 전에 나는 패잔병이 된 기분이었다. 내가 장착한 무기는 '쓸데없는' 장난감 총과 같았다.

교복을 입기 싫었고 창피했다. 열아홉 살의 세상은 인문계와 실업계로 나뉘었고, 교복이 신분을 증명했다. 상고에 다닌다는 이유로 '날라리', 또는 오토바이를 타고 다니는 '노는 애들', 혹은 '공순이'라고 노골적으로 얕보는 또래도 있었다.

'적응'이란 단어는 세상이 찍어 준 낙인을 고분고분하게 인정하라는 말처럼 들렸다. 성적이 좋은 친구도 있었고, 형편이 좋지 않아서 일찌감치 사회생활을 해야 하는 친구도 부지기수였다. '개인 사정'을 헤아려 주지 않는 곳, 비정하고 얄짤없는 사회는 교실 밖에만 있지 않았다.

10월 중순이 되자 교실에 남은 학생은 채 열 명이 되지 않았다. 현장 실습을 나가지 못한 3학년 학생들을 한 반에 모았고, 하루 종일 '자율 학습 시간'을 줬다. 교실에 남은 학생들은 대개 만화책을 읽거나, 거울 보며 여드름을 짜거나, 수다를 떨다가 엎드려 잤다. 아무렇게나 시간을 써도 묵인하는 분위기였다.

"뭐 읽니?" 자율 학습 감독이었던 부기 선생님이 내가 읽던 책을 들췄다.

"『맥베스』? 네가 왜 이런 책을 읽어?"

선생님이 재차 물었다. 얼굴이 확 달아올랐다. 나는 뭐라고 대답할지 몰라서 우물쭈물했다. 선생님은 내 기색을 살피더니, "아, 그럴 수 있지."라고 답했다. 나는 피 한 방울 없이, 베였다.

천진에 가까운 호기심과 가벼운 비난이 섞인 말투였다. "아, 그럴 수 있지."라는 말은 스스로를 납득하기 위한 혼잣말과 같았다.

그 순간, 부기 선생님은 열등감에 사로잡혀 현실을 부정하는 나의 내면을 꿰뚫어 보았는지 모른다. 나 또한 선생님의 관념 안에서만 이룩되는 '평등'이란 단어에 조용히

실망했다.

멋쩍게 웃음이 났다.

나는 시혜를 받은 '약자'에게 어울리는 표정을 짓고 있었다. 무례한 질문에 반박하기보다, 수치심에 먼저 반응하는 자신에게 화가 났다.

선생님은 가볍게 내 어깨를 토닥였다. 다정하게 강요받는 기분이 들었다. 읽던 책을 서랍에 넣고, 선생님을 올려다보았다. 한쪽만 살짝 올라갔던 선생님의 눈썹 산이 다시 수평을 찾았다.

자율 학습 시간은 인생의 '나머지 공부' 같았다. 시간이 너무 많아서, 시간을 죽이러 몰래 교실을 빠져나와 규암 성당에 갔다.

청색 슬레이트에 미색 벽. 감잎 몇 장이 바람에 쓸려 이리저리 굴렀다. 묵직한 나무 문을 열고 들어가니 입구에 성수 기도문이 붙어 있었다. "주님, 이 성수로 세례의 은총을 새롭게 하시고 모든 악에서 보호하시어 깨끗한 마음으로 주님께 나아가게 하소서. 아멘."

손을 씻지 않고 본당으로 들어갔다. 본당 중앙에 십자가가 걸려 있었고 제단에 붉은 융단이 깔렸다. 벽에는 동판이 걸려 있었다. 예수가 커다란 십자가를 메고 '고난의 길'을 걸어가는 모습을 새긴 부조였다.

그리스도가 십자가에 못 박혀 죽음으로써 인간의 죄를 대신 사하여 주는 것. 그것을 '대속'이라 배웠다. 고통을 주는 방식으로 진실의 무게를 재는 인간도 가혹하지만, "엘리 엘리 레마 사박타니."*라고 눈물로 애원하는데, 가장 소중한 아들을 속죄양으로 만드는 신도 무정했다. 신은 너무 멀리 있었고, 그 뜻을 헤아릴 수 없었다.

해가 지면서 스테인드글라스에 투과된 빛이 수레바퀴 같은 겹겹의 무늬로 일렁였다. 빛줄기 안에서 먼지가 부유했다. 빛의 수레 안에서 떠도는 먼지가 밝게 보였다. 고요하고 아름다웠다. 맨 뒤에 놓인 장의자에 앉아, 두 손을 모으고 십자가를 똑바로 봤다.

---

* 나의 하느님, 나의 하느님. 어찌하여 나를 버리셨나이까. (마태복음 27장 46절)

교실에 남은 학생은 다섯 손가락으로 꼽을 정도가 되었다. 빨리 교실을 탈출하고 싶었다. 그 어디라도 답답한 교실보다 낫겠다 싶었다. 나는 인천에 사는 셋째 형부에게 구조를 요청하기로 마음먹었다. 취업을 증명하려면 학교에 '취업 증명서'를 제출해야 하는데, 서류를 만들어 줄 수 있느냐고 부탁했다. 물론 부모님께는 비밀이었다.

　형부는 내 사정을 듣고 일단 알아보겠다고 말했다. 부평에서 친구가 형광등 공장을 운영하는데, 얘기해 놓을 테니, 기다려 보라고 했다. 형부가 자세한 사정을 묻지 않아서 고마웠다. 며칠 뒤 담임 선생님 앞으로 등기가 왔다.

　현장 실습을 나가기 전에 교무실에 들러 선생님들께 인사하는 것이 수순이었다. 나는 위장 취업한 사실이 들통날까 봐 조마조마했다. 숨을 깊게 들이마셨다. 견디자. 이제 마지막 관문만 남았다.

　교무실 밖에서 담임 선생님을 기다렸다. 담임 선생님은 나를 보자마자 내 손을 덥석 잡았다. 손아귀에 힘을 준 채, 뜻밖의 말을 하셨다.

"미나야, 꿈에 네가 나왔는데, 너무 힘들다고 펑펑 울더라." 그 말을 하면서 담임 선생님의 눈시울이 붉게 젖어 들었다. 코가 찡했다. 불안과 가책이 복잡하게 얽혔다. 담임 선생님은 "잘 살라."라고 당부했다. "선생님. 고맙습니다. 잘 살게요."

예수를 배반한 유다가 된 기분이었다. 담임 선생님을 속이고, 아버지의 기대를 저버리고, 도망치듯 짐을 싸서 인천 언니네 집으로 갔다.

11월 22일 수능 보는 날. 나는 몰래 고향으로 내려갔다. 이가 으들들 부딪히게 추운 날씨였다. 어떤 학부모는 교실을 향해 손바닥을 비비며 기도했고, 교문 밖에서 '합격 기원'이라는 글이 붙은 초에 불을 붙였다. 몇몇은 교실로 들어가는 자식의 뒷모습을 눈으로 좇았다.

정신없이 수능을 보고 나니, 배에서 꼬르륵 소리가 났다. 오랜만에 내려온 고향도 낯설었지만, 집으로 돌아갈 수 없었다. 고향도 객지와 다를 바 없었다.

후련하고 헛헛했다. 대충 끼니를 때우고 목도리에 코를

깊숙이 묻은 채 시외버스 터미널을 향해 걸어갔다. 응달에 희끗하게 남은 눈을 골라 디뎠더니, 운동화 끝이 회색으로 젖어 들었다. 발가락이 몹시 시렸다.

터미널로 가려면 공주 대교를 건너야 했다. 강바람 때문에 머리카락이 어지럽게 휘날렸지만 정신은 맑았다. 한 시간 넘게 걸어서 터미널에 도착하니, 무거운 장막이 내린 듯 사위가 어둑했다. 횡횡 어지럽게 날리던 싸라기도 그쳤다.

은정이는 잘 지내고 있을까. 나보다 먼저 '사회'로 나간 친구의 얼굴이 떠올랐다. 버스 창문에 반사된 불빛이 노랗게 번졌다. 이마가 뜨거웠다. 차창에 이마를 대고 열을 식혔다. 몸살이 나려는지 몸이 떨렸다. 안녕, 나의 소녀 시대. 창문에 입김을 호, 하고 불었다.

덧붙이는 말

내가 졸업한 이듬해 6차 교육 과정이 시행되면서 '주산'과 '타자' 과목은 사라졌다.

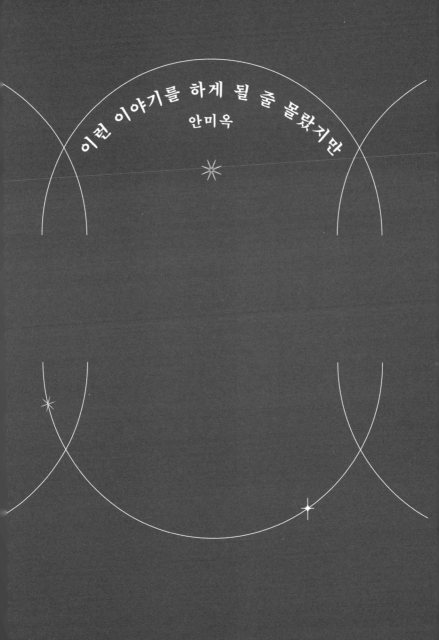

이런 이야기를 하게 될 줄 몰랐지만

안미옥

안미옥

시인. 2012년 『동아일보』 신춘문예로 등단했다. 시집 『온』, 『힌트 없음』 등을 썼다. 김준성 문학상, 현대 문학상을 수상했다. 한때 가수 성시경의 팬클럽 '퍼플오션' 1기로 활동했으나 지금은 졸업했다.

미래

스무 살이 지나고 성인이 되어 종종 받았던 질문이 있다. 다시 과거로 돌아갈 수 있다면 언제로 가고 싶은가? 그 질문에 한 번도 언제라고 이야기한 적이 없다. 돌아가고 싶지 않았기 때문이다. 만약 어딘가로 이동할 수 있다면 차라리 미래로 가고 싶었다. 현재는 늘 버거운 상태로 흐르고 있었고, 과거는 기쁨과 슬픔이 공존하는 곳이었는데, 이미 경험한 슬픔과 고통을 반복하고 싶진 않았다. 과거로 돌아가 무언가 바꿀 수 있을까? 다르게 살 수 있을까? 그렇다고 하더라도 크게 달라질 것은 없을 것 같다. 그러나 미래는 아직 살아 본 적 없었으므로 일단 조금은 달라지지 않을까 하며 희망할 수 있었다. 내가 모르는 시간이기 때문에.

지금 나는 그 질문을 받았던 때보다 훨씬 미래로 와 있다. 같은 질문을 받는대도 내 대답은 역시 같다. 이유는 조금 다른데, 살아 본 적 없던 시간을 꽉꽉 채워 지내고 보니 역시나 살아 본 적 없는 시간을 희망하는 편이 맞다는 생각이 들어서다. 새로운 어려움이 생기더라도, 한 시기의 고통은 지나가는 것이라는 걸 알게 되었기 때문이다. 같은 고민과 같은 고통을 겪지 않는다는 것만으로도 충분히 견딜 만하다. 미래가 불투명하다는 것은 한편으론 좋은 일이다. 안개 속에 있을 때, 한 발짝 걸음을 옮기면 옮긴 만큼은 선명해지고 발밑이 보인다. 미래가 내가 옮긴 발걸음에 따라 선명하게 바뀐다는 사실은 내게 많은 힘을 주었다.

그러니 청소년 시절로 다시 돌아가 그 시절의 시간을 글로 쓰는 일이 쉽지 않았음을 고백해야겠다. 그 시절이 잘 생각이 나지 않는 것은 의도적 망각 때문일 것이다. 찬찬히 생각해 보면 기억이 날 것이라고. 기억하고 싶은 일도 많지만, 그보다 기억하고 싶지 않은 일이 더 많았던 날들. 매일 아침 혼란스러웠고, 어떻게 살아야 할지 몰랐다. 어떻게 견뎌야 할지 몰랐다는 것이 더 정확한 표현일 것이다. 그냥 한 시절로 묶어 어딘가 깊숙한 곳에 꽁꽁 묻어 두고 싶기도 하다. 그런데 막상 하나씩 기억을 떠올려 보니 즐거웠던 일(주로 흑역사이지만)도 많았다는 걸 알게 되었다. 슬픔과 즐거움이 공존하고 있었다는 걸. 어디까지가 슬픔이고 어디까지가 즐거움인지 헷갈리기도 한다. 웃긴 이야기만 쓰고 싶었는데, 시작부터 너무 진지해져 버려서 이미 망한 것 같다. 그래도 용기를 내서 조금 꺼내 보려고 한다. 꽁꽁 숨겨 두고 싶었던 이야기들을. 너무 과거가 되어 이젠 살아 본 적 없는 미래처럼 여겨지기도 하는 시간을.

덕질

청소년 시절을 떠올리니 가장 먼저 떠오른 것이 고1 때이다. 초등학교 때부터 또래 사이에선 연예인을 좋아하는 것이 너무나 자연스럽게 여겨졌다. 내게도 좋아했던 연예인의 계보가 있는데 H.O.T의 토니나 god의 손호영이 그에 속한다. 친구들 사이에선 누구누구 마누라, 부인이라고 서로를 불러 주는 것이 유행이기도 했다. 초등학교, 중학교 시절을 그렇게 보내다 고1 때 나는 조금 다른 결의 연예인을 좋아하게 되었다. 흑역사라는 생각이 들어서 어디 가서 떳떳하게 밝히지는 못했는데. 이제 이야기를 해 보려 한다. 고1 때, 같은 반 친구 중에 신인 발라드 가수를 좋아하는 친구들이 있었다. 나는 그 친구들 곁에서 성시경 이야기를 자주 들었다. 지금 생각하면 일명 '영업'을 당한 것 같다. 자주 듣다 보니 좋아지고, 좋은 이야기를 많이 듣다 보니 정말로 좋아하는 마음이 생겼다. 그때 성시경은 1집 타이틀곡 「내게 오는 길」로 이제 막 활동을 시작한 가수였다. 더러 좋아하는 사람들이 있었지만, 아직 많이 유명하진 않았던 때였다. 친구들과 나는 없는 용돈을 모아 성시경 팬클럽에 가입해서 당당하게 '퍼플오션' 1기가 되었다. 지금 생각해 보면 내게도 그런 시절이 다 있었나 싶다. 방과 후에 사복으로 갈아입고(어떨 땐 교복 차림으로) 음방을 뛰고, 스케줄을 따라다녔다. 성시경이 많이 유명하지 않은 때여서 당연히 자주 볼 수 있었고, 사인도 받고, 편지를 직접 전해 주기도 했다. 물론 그 여정이 순탄치만은 않았다. 별별 일이 다 있었다. 그러나 한 시간이고 열 시간이고 친구들과 성시경 이야기하면서 성시경을 기다리던 그 시간이 하나도 지루하지 않았다. 우리 각자에겐 팬 카페 닉네임이 있었는데, 서로 그 이름으로 불러 주며 놀았고, 팬 카페에서 만나 실제로 친구가 되어 같이 공방을 뛰던 친구도 있었다. 닉네임엔 저마다의 성격이 담겨 있다. 내 친구들의 닉네임은 '시경사탕'과 '울보순딩이'였다. 시경사탕은 귀여운 친구였고, 울보순딩이는 울음이 많은 친구였다. 나는 '떠버기'였다. 안녕하세요? 저는 떠버기입니다. 성시경을 기다리다 마주치게 되는 팬들에게 내 소개를 해야 할 때, 나는 그 이름을 사용했다. 하, 떠버기라니. 떠버기는 그리 인기가 많지 않은 한국 캐릭터였다. 이름을 지을 때 눈앞에 떠버기 노트가 있었나? 너무 손발이 오그라드는 이름인데, 왜 그렇게 지었는지 나도 당최 영문을 모르겠다.

　공방을 뛰다 보니 너무 피곤해서 학교에선 매일 잤다.

뭐에 홀린 듯 성시경을 만나는 것만이 삶의 목표인 것처럼 살았다.

몇 가지 생각나는 일화가 있다. 대학교 축제에 교복을 입고 가서, 성시경이 누구인지 잘 모르는 분위기에서 우리만 큰 소리로 성시경을 외쳤다. 그가 노래하다가 삑사리를 내자, 내 친구 울보순딩이가 목이 찢어져라 소리쳤다. "오빠! 삑사리도 귀여워요!" 사람들이 일제히 우리가 있는 쪽을 쳐다보았다. 저 가수는 누구고, 쟤네는 대체 뭐지 하는 눈빛이었다. 그때 나는 으하하 웃었으나 그 순간만큼은 친구와 잠시 멀리 떨어져 있고 싶었던 것 같다. 솔직히 나는 그의 삑사리까지 귀엽지는 않았다. 그를 향한 울보순딩이의 애정이 나보다 컸음은 확실하다.

한번은 시경사탕과 KBS 앞에서 심야 라디오 방송이 끝나기를 기다렸다. 우리 손엔 델리만쥬가 있었다. 누구나 한번쯤 그 달콤한 냄새의 유혹에 빠진다는 델리만쥬를 그에게 꼭 주고 싶었다. 따뜻할 때 먹어야 하는데, 다 식은 델리만쥬를 들고 막차가 거의 끊길 시간까지 기다렸다. 그러다 겨우 만나 그의 손에 델리만쥬를 쥐여 준 감격의 순간,

그는 말했다. "집에 가서 공부해." 내가 만약 어른이었어도 그 상황이면 했을 법한 이야기인데, 그때는 집에 가서 공부하란 소리가 엄청 서운하게 들렸다. 그래도 눈물의 델리만쥬를 전했다는 뿌듯함으로 가슴이 웅장해졌고, 집에는 숨죽이며 들어갔다.

공식 팬클럽 말고 영향력이 있는 팬클럽이 하나 더 있었다. 이름하여 '시우누'. '시경아 우(울)지 마라 누나가 있다'라는 뜻의 팬클럽엔 나이 어린 사람은 가입할 수가 없었다. 그보다 연상인 사람들만 가입할 수 있었다. 그땐 그게 너무 부러웠다. 10대였던 우리와 달리 '언니'들은 힘이 있어 보였고, 돈과 여유가 있어 보였다. 가끔 우리에게 간식을 사 주기도 했지만 그 무리에 절대 끼워 주진 않았다. 대부분이 직장인들이어서 퇴근 후 부랴부랴 오는 것을 자주 목격했다. 저게 진정한 어른의 삶이구나 생각했다. 낮엔 돈을 벌며 현실을 살고, 퇴근 후엔 그를 보러 택시를 타고 달려오는 삶.

학교에 가면 시경사탕과 울보순딩이가 있었다. 우리는 만나면 어제 오빠가 어떤 노래를 불렀고, 라디오에서 무슨 이야기를 했는지 이야기했다. 그 시간만큼은 아무 걱정 없는 사람처럼 있었다. 나는 그가 나오는 라디오를 생방으로 들으며 녹음을 해 두기도 했다(당시엔 라디오를 다시 들으려면 그 방법밖에 없었다). 그렇게 열정적으로 좋아하다가 마음이 짜게 식는 순간이 왔는데. 그가 두 번째 타이틀곡으로 「미소 천사」라는 댄스곡을 부르기 시작하면서였다. 팬들 사이에서도 제발 미소 천사만은 안 된다는 등 의견이 분분했지만 그는 그 길을 선택했다. 나는 아주 빠르게 마음이 식었다. 친구들은 여전히 그를 좋아했지만, 예전만큼의 열정을 지니고 좋아하는 것 같진 않았다. 그리고 대망의 성적표를 받고 나서 우린 더 이상 우리의 에너지와 시간을 다른 곳에 쏟을 수 없게 되었음을 깨달았다. 내가 빠르게 마음이 식은 이유를 돌이켜 생각해 보니 성시경을 좋아하는 마음도 있었지만(정말 부정하고 싶지만 부정하진 않겠다) 성시경을 좋아하는 내 친구들과 함께하고 싶은 마음이 더 컸던 것 같다. 만약 친구들 없이 나 혼자 성시경을 좋아했다면, 그렇게까지 열성적으로 좋아하진 않았을 것 같다. 노래나 좀 듣다가 말았겠지. 친구들과 있을 때 나는 어딘가에 잠시나마 소속되어 있는 기분이 들었다. 같이 걷고, 같이 먹고, 같이 웃을 수 있다는 것. 그건 그 시절 내가 가장 간절하게 원하는 무엇이었다.

특별 활동

토요일마다 특별 활동이 있었다. 고등학생이 되니 동아리에 필수적으로 가입해야 했다. 학교에는 여러 개의 동아리가 있었다. 도서부나 방송부가 인기가 많았다. 그때 나는 드라마 「가을 동화」를 열렬하게 시청한 직후였고, 드라마 작가가 되어야겠다고 생각하던 참이었다. 학교에 문예부가 있었다. 문예부는 다른 동아리와는 다르게 소수 정예라고 했다. 적은 숫자만 뽑고 선배들이 공부도 잘하고 글도 잘 쓴다는 소문이 돌았다. 나는 사실 글을 써 본 적도 없고, 공부도 그리 잘한다고 할 수 없어서 안 뽑힐 것 같았는데 그냥 지원을 했다. 지원서엔 습작품을 첨부해야 했다. 급하게 지원하느라 빨리 쓸 수 있는(?) 시를 썼다. 그

때까지만 해도 시라고는 교과서에서 읽어 본 것이 다였다. 집에 있는 책장을 뒤져 보니 칼릴 지브란의 시집이 있었다. 그것을 빠르게 읽고 흉내를 내서 몇 편을 썼다. 고등학교 1학년이 쓰기엔 너무나 잠언적인 시였다. 대충 기억나기론(처음 쓴 시여서 기억이 나는 것 같다) 우린 서로 기대어 살 수 밖에 없는 존재라는 내용.(으악) 제목도 「인ㅅ」. 앞서 음방 뛰던 이야기보다 어쩐지 이게 더 흑역사 같은 건 기분 탓일까.

신기하게도 문예부에 뽑혔고, 동기는 나 포함해서 네 명이었다. 지원서 작품 심사는 동아리 담당 선생님과 선배들이 같이 보았다고 했다. 나에겐 세 명의 윗기수 선배가 있었다. 선배들은 너희가 문예부를 부끄럽게 하면 안 된다고 했다. 글도 열심히 쓰고, 공부도 열심히 잘해야 한다고. 지금껏 문예부의 역사가 그러했노라고. 선배들은 우리를 잡고 싶어 하기도 하고, 착한 선배로 남고 싶어 하기도 했다. 원래 두 마리 토끼를 잡으려다 이도 저도 안 되는 법인데. 내 기억에 선배들은 착하지만, 우리를 자주 괴롭게 했다.

우리는 인사나 청소 문제로 자주 불려 가 일렬로 서서

혼이 났다. 그중 절대 잊을 수 없는 장면이 하나 있다. 테이블 위에 놓인 귤을 까 먹으며 혼을 내던 선배가 우리가 집중해서 듣지 않는다는 생각이 들었는지 별안간 잘게 조각낸 귤껍질 조각을 손가락으로 튕기며 우리의 얼굴에 명중시켰다. "제대로 할래, 안 할래?" '래'에 박자를 맞추며. 귤껍질 한 조각에 사랑과 귤껍질 한 조각에 쓸쓸함과 귤껍질 한 조각에 시가 난무했다. 큰 타격은 없었으나, 아주 기묘한 기분이 들게 했다. 3학년 선배들은 무섭게 기강을 잡던 선배들이었고, 그걸 겪은 2학년 선배들은 우리를 어떻게 대할지 의견 조율이 되지 않아 보였다. 우리 앞에서 우리를 혼내는 문제로 싸우다가 한 명이 뛰쳐 나가고 나머지는 먼 산을 보기도 했다. 이런 장면은 동기들끼리 있을 때 두고두고 놀림감이 되었다. 뭐든 심각할수록 지나고 나면 웃긴 일이 되곤 하니까.

나에겐 문예부 선배들을 존경하는 마음과 무시하고 싶은 마음이 공존했다. 그래서 혼이 날 때면 속으로 성시경 노래(「미소 천사」)를 부르며 정신을 딴 데 팔았다. 소심한 반항이었다. 나의 고등학교 시절엔 선후배라는 관계는 일상에서 아주 크게 작용했다. 동기들과 나는 후배가 생기면 선배들처럼은 하지 말자고 다짐했다. 그러나 후배가 생기자, 우리에게도 후배들의 인사나 청소가 눈에 보였다. '한 번 이야기를 해야겠는데?' 하고 마치 그게 선배의 역할이라도 된다는 듯이, 후배들을 불러 모아 인사와 청소를 잘 해야 한다고 잔소리를 늘어놓았다. 그러곤 후배들보다 먼저 나와 문을 닫고 돌아서자마자 얼굴을 마주 보며 터져 나오는 웃음을 참아야 했다. 말하는 내내 심장 터져 죽는 줄 알았다고. 목소리도 떨릴까 봐 겁이 났다고. 너 아까 가장 중요한 얘기할 때 삑사리 난 거 웃겨 죽는 줄 알았다고. 그리고 점점 알게 되었다. 경험한 것과 다르게 사는 일은 정말 어려운 일이라는 것을.

학교에서 나는 시를 쓰는 아이였다. 문예부 소속으로 외부 백일장을 가게 되면서 학교를 자주 빠졌다. 수업을 듣지 않고, 버스를 타고 여기저기 시를 쓰러 다녔다. 평일 낮에 교복을 입고 버스를 타고 다니면 일탈을 하는 기분도 들었다. 임진각에 가서 통일 시도 쓰고, 대학교 캠퍼스에 가서 시험 보듯이 시를 쓰기도 했다. 지금도 잘 모르지만,

그때는 더더욱 시가 무엇인지 잘 모르면서 쓰던 시기였다. 친구들은 나를 0 아니면 100이라고 불렀다. 역시 시인이라고 농담 삼아 이야기했다. 다른 별명도 많이 있었지만 그게 가장 기억에 남는다. 기분이 0 아니면 100이라고. 중간이 없다고. 감정 기복의 끝판왕이던 시기였다. 나는 자주 우울했고, 슬펐고, 친구들을 웃겼다. 기분이 좋지 않은 날엔 책상에 하염없이 엎드려 있었다. 누군가 날 살펴 주길 바라면서. 그러나 정작 안부를 묻는 친구에겐 괜찮다고, 혼자 있고 싶다고 말했다. 대체 뭘 원하는 건지 나 자신조차 제대로 알지 못했다. 그러다 기분이 좋을 땐 이런저런 성대모사를 하거나 우스꽝스러운 동작을 흉내 내며 친구들을 웃겼다.

그때 나는 시를 쓰는 일이 무엇인지도 모르면서 그저 많이 읽어야겠다고 생각했다. 도서관에 가서 읽어 본 적 없는 시집들을 잔뜩 빌려 집에 쌓아 놓고 이것저것 뒤적였다. 문예부 선생님은 나를 볼 때마다 시를 가져오라고 했다. 쓴 시가 있다면 가져오라고. 나는 선생님 앞에서 늘 빈손이었다. 가져갈 수 있는 시가 없었다. 학창 시절에 좋은 선생님을 만나는 것은 정말 큰 운이고, 좋은 선생님이 좋은 선생님이라는 것을 알아보는 것은 안목이라는 생각이 드는데. 나는 운은 있었고, 안목은 없었다. 나는 선생님이 고리타분하다고 생각했다. 토요일 특별 활동 시간, 다른 동아리는 한 시간이면 끝이 나는데 우리는 세 시간이고 네 시간이고 시나 소설에 대한 수업을 듣고 토론을 해야 했다. 힘들고 지루했다. 그러나 돌아보니 고등학교 때 기형도, 김기택, 장석남, 허수경을 읽을 수 있었던 것은 선생님 덕분이었다. 선생님의 교무실 책상 위엔 항상 읽다가 덮어둔 시집이 있었다.

고3, 수시 원서를 넣어야 하는데. 내겐 넣을 수 있는 원서의 숫자가 남들보다 한정되어 있었다. 원서비가 평균 10만 원 정도 되었는데, 그 돈을 다 낼 수 있는 상황이 아니었다. 백일장에 나가 받은 상금을 모아 두었지만 그 돈으로도 턱없이 부족했다. 그래서 어떤 학교는 지원 자체를 포기하고 있었다. 선생님이 내게 확인하듯 원서를 넣었냐고 물었다. 나는 우물쭈물했다. 선생님은 계속해서 물었다. 나는 이유를 말할 수밖에 없었는데, 그런 문제라면 선생님이 도와줄 수 있는 것이라며 그 자리에서 원서를 접수하게 하셨다. 성인의 입장에서 그 돈은 많다면 많고, 적다면 적다고 생각할 수 있는 돈이겠지만. 학생에게 선뜻 사비로 원서비를 내 주는 일이 쉬운 일이 아니라는 것은 그때도 알고 있었다. 나는 선생님이 무뚝뚝하고, 내게는 별다른 관심이 없다고 생각했는데. 내가 생각하는 게 전부가 아니라는 것도 알게 되었다. 그때 선생님의 도움으로 원서를 쓴 학교는 떨어졌지만, 졸업하고 선생님을 꼭 찾아뵈어야겠다고 생각했다. 그러고는 역시나 잘 찾아뵙지 못했다.

친구

아무에게도 내 이야기를 할 수가 없었다. 어떻게 해야 하는 것인지도 몰랐고, 이런 일은 나만 겪는 것이라고 생각했다. 다들 다정하고 화목한 가정 안에서 어려움 없이 학교를 다니고 있다는 생각이 들었다. 내가 내 이야기를 잘 하지 않으니, 다른 친구들도 자기 이야기를 못 했을 거란 생각을 못 했다. 그러다 고2 어느 날 밤에 학교에서 야자를 하고 있는데 엄마에게서 전화가 왔다. 울음이 잔뜩 섞인 목소리여서 무슨 말을 하는지 명확하게 알 수 없었다. 요지는 미안하다는 것이었다. 당시에 엄마와 같이 살고 있지 않았기 때문에 그 이야기를 하는 것인가 했다. 엄마는 나를 버리고 와서 미안하다고 했고, 마치 내일이 없을 사람의 목소리로 말을 이어 갔다. 나는 한 번도 엄마가 나를 버렸다고 생각한 적이 없었다. 부모가 이혼하는 이유를 초등학생이었던 나도 충분히 알 수 있을 정도로 부모님은 불화가 잦았다. 불화라는 단어로 다 표현 못할 일들도 많았다. 나는 차라리 엄마가 도망쳤으면 좋겠다고 생각했다. 물론 나를 데리고. 그러나 엄마의 상황이 그러지 못했다는 것도 알았다. 나는 나름 잘 견디며 지내고 있었다. 한 번씩 엄마에게 걸려 오는 전화 너머의 울음 섞인 목소리, 미안하다, 잘 살아라 하는 말만 듣지 않아도 된다면. 엄마가 자신의 죄책감을 견디는 방식이라는 것은 알고 있었지만, 엄마를 많이 이해하면서도 힘이 드는 것은 어쩔 수 없었다.

화장실에서 전화를 끊고, 엉망이 된 얼굴로 교실에 들어갈 수 없어서 세수를 하고 아무 일 없었다는 듯 교실에 앉아 있었다. 그러나 보는 사람에겐 그렇게 보일 리 없었다. 나는 떨고 있었다. 엄마가 전에도 그랬듯 스스로에게 무슨 일을 저지를까 봐. 친구가 다가와 무슨 일이 있냐고 물었다. 같이 좀 걷겠냐고 했다. 가방을 싸서 집으로 가는 길에 나는 처음으로 내 가정사를 다른 누군가에게 말했다. 친구는 차분하게 내 이야기를 들어 주었다. 힘들었겠노라고. 그런데 미옥아, 너에게만 그런 일이 생기는 것은 아니야. 나도 그렇고 다들 조금씩은 어딘가 망가지고 힘든 부분들이 있어. 그 말을 듣고 나는 한 대 얻어맞은 기분이 들었다. 적어도 그 말을 하는 친구만큼은 화목하고 부유한 가정에서 살고 있다고 생각해 왔기 때문이다. 정상 가족에 대한 판타지가 청소년기에는 유독 심했다. 그에 부합되지 않으면 결함이 있는 존재처럼 여겨졌기 때문에 내 이야기는 아무에게도 하지 않았고, 다른 친구들은 모두 그에 부합되게 살고 있다고 넘겨짚으며 살았던 것이다. 친구는 내 이야기를 들어 줬던 것처럼 차분히 자신의 이야기도 들려

주었다.

　그날 이후 나는 조금 더 씩씩해졌다. 내가 지금 어떤 형태의 구성원과 살고 있고, 가정 안에서 무슨 일을 겪으며 살고 있는지 조금이라도 알고 있는 사람이 있다는 것이 묘하게 힘이 되었다. 아마 이 모든 상황을 이해하려 혼자서만 애쓰지 않아도 된다는 데서 오는 안도감 같은 것. 나와 마찬가지로 다른 사람의 삶도 눈에 보이는 것이 전부가 아니라는 것, 모두에게 저마다 견디기 힘든 순간이 있고 혼자서 애쓰는 시간이 있다는 것을 알게 된 것만으로도 이상하게 힘이 났다. 그때부터 나는 조금 다른 사람으로 내 삶을 바라보기 시작했던 것 같다. 헤아릴 수 없는 슬픔이 늘 옆에 있었다. 그와 함께 따듯하고 다정한 슬픔도 늘 옆에 있었다.

다시, 미래

　가끔 중고등학교 시절에 찍은 내 사진을 본 친구들이

놀린다. 눈빛에 독기가 가득해, 지금과는 아주 다른 사람 같다고. 눈썹을 보니 아주 '쏭질'이 보통이 아닌 것 같다고. 그 사진을 보면 나도 그런 생각을 하게 된다. 한편으론 내가 어떤 표정으로 그 시간들을 지나왔는지 떠올라 먹먹해지기도 한다. 나도 순한 눈빛을 가진 사람이고 싶은데, 순한 눈빛이라는 것도 어쩌면 이상적인 것이 아닐지 생각하게 된다. 순하다는 것은 착하다는 것과는 다르다. 순함에는 순할 수 있는 개인의 의지만큼 환경도 중요하게 작용한다. 개인의 노력만으로는 되지 않는다. 그러나, 그럼에도 불구하고, 순한 눈으로 세상을 보고, 사람을 마주하는 사람으로 살게 되기를 소망한다. 내 주변 사람의 눈도 순한 눈이 될 수 있게 애쓰고 싶다고, 감히 꿈꿔 본다.

네게 들려주고 싶은 말

정유한

정유한

소설가. 소설집 『그래서 우리는 사랑을 하지』, 『무너진 세계의 우리는』(이상 공저)
등을 썼다. 다정했던 첫사랑 J 형 덕분에 고등학교를 졸업할 수 있었다.

※

말﹍은 초등학교 5학년 때로 거슬러 올라간다. 당시 나는 또래보다 키가 작고 마른 편이었다. 엄마는 아들이 '남자답게' 운동 하나쯤 배우기를 원했다. 마침 검도장이 집에서 오 분 거리에 있었고 엄마는 검도를 배우면 우산이나 막대기 하나로도 상대를 제압할 수 있을 거라 믿었다. 그렇게 나는 검도장에 다니게 됐다.

운동이 끝나고 검도장에 남아 샤워하는 초등학생은 나밖에 없었다. 또래 애들은 옷만 갈아입고 검도관 로고가 새겨진 흰색 봉고차에 올라타기 바빴다. 나는 집이 가까워 그럴 필요가 없었던 데다가 수도세와 난방비 절약을 위해 검도장에서 꼭 샤워하고 오라는 엄마의 말을 잘 따르는 알

뜰살뜰한 아이였다.

샤워장에 샤워기는 네 대뿐이었다. 반면에 사람은 많아 옷을 다 벗고도 순서를 기다리는 일이 부지기수였다. 주로 중고등학생 형들이 먼저 씻었고 아저씨들은 땀에 젖은 도복을 입은 채로 밖에서 담배를 피우며 순서를 기다렸다. 나는 이상하게도 또래 애들에게만큼은 알몸을 보여 주기 싫어 애들이 모두 빠져나가기를 기다렸다가 씻었다.

처음엔 단순한 호기심이라고 생각했다. 알몸이니까. 고추와 엉덩이가 훤히 다 보이니까. 게다가 나와 달리 겨드랑이나 가슴, 배와 고추에 털이 나 있으니까. 그러다 언제부턴가 샤워실이 아니어도 고등학생인 H 형에게 자꾸만 눈이 갔다. 이상한 호감. 하지만 당시엔 몰랐다. 나는 여자를 좋아하는 줄로만 알았다. 여자애들의 시선을 의식해 행동할 때가 있었으며 실제로 좋아(한다고 생각)하는 여자애도 있었다! 그런데 돌이켜 보면 어렴풋이 느꼈던 것도 같다. 탈의실에서 옷을 갈아입고 있는 내게 알몸인 채로 어떤 말을 하던 H 형의 모습은 아직도 내 머릿속에 강렬하게 남아 있다. 기억 속 H 형은 아주 크다.

그러다 어느 날, 친구네 놀러 갔다가 남녀가 섹스하는 동영상을 보게 되었다. 처음이었지만 그리 충격적이지는 않았다. 남자애들 사이에서 섹스에 관한 얘기가 가끔 오가서 알고 있었다. 대신 드라마 속에서 남녀가 키스하다 화면이 전환되고 갑자기 한 침대에서 아침을 맞는 장면이 그저 시간이 흐른 게 아니라는 걸 깨달았다. '그동안 내가 본 드라마 주인공들이 다 섹스한 거였어?' 배신감이 들었다.

나는 착한(?) 아이였기 때문에 다시는 그런 영상을 보면 안 된다고 생각했다. 하지만 판도라의 상자는 이미 열린 뒤였다. 영상 속 남녀가 섹스하는 장면이, 더 정확히는 근육으로 다부진 남자의 몸과 발기되어 빳빳하게 선 고추가 자꾸만 떠올랐다. 나는 삽입되어 반 이상이 가려진 고추 말고 완전히 발기된 형태의 고추가 보고 싶었다.

집에 아무도 없을 때였다. 나는 인터넷에 '남자 고추, 남자 성기, 성인 남자 성기, 남자 발기' 같은 걸 검색했다. 대부분 성인 인증을 필요로 했지만 인증 없이 볼 수 있는 사진이 간혹 떴다. 누군가 자신의 것을 직접 찍어 올린 사진들이었다. 모두 크기도 굵기도 모양도 제각각이었다.

"너 이게 뭐야?"

그날 오후, 학교에 다녀온 누나가 나를 컴퓨터 앞으로 불렀다. 누나가 가리킨 것은 검색 기록이었다.

"몰라."

나는 당황했지만 태연한 척했다.

"혹시 낮에 친구들 다녀갔어?"

누나는 동생이 그랬다는 걸 믿고 싶지 않았던 것 같다. 나는 아니라고 얼버무렸다. 그러자 그럼 누가 그랬냐며 나를 보챘다. 나는 끝까지 잡아뗐다. 얼른 이 상황이 끝나기만을 바랐다. 몇 번 더 보채던 누나는 결국 검색 기록을 삭제하는 법을 알려 주며 상황을 끝냈다. 누나가 이 일을 기억하는진 모르겠다. 당시 누나는 중학생이었다. 이후로 나는 한 번도 걸리지 않았다. 검색 기록을 착실히 지웠다.

훗날 나는 김애란 작가의 소설 중 국어사전에서 '음부'나 '성교'라는 단어를 찾아봤다는 구절을 읽고 다들 똑같구나, 하면서 피식 웃었다. 나는 전자사전에 'sex'나 'penis' 따위를 검색해 본 적이 있었다.

남자를 좋아한단 사실을 확실히 깨달은 건 중학교 2학년 때였다. 시골에 살던 나는 남중 남고를 다녔다. 학교 분위기는 여느 남중 남고와 비슷했을 거다. 또래 남자애들은 우스웠다. 다들 어딘가 모자라 보였고 허세와 과장이 심했다. 쓸데없이 요란스러웠고 무슨 말만 하면 씨발과 병신이 튀어나왔다. 생각이란 게, 교양이란 게 없어 보였다.

2학년 때 전근 온 음악 선생님은 달랐다. 시골에 몇 없는 젊은 남자 선생님이었고 향수를 뿌리는 세련된 어른이었다. 큰 키와 중저음의 탄탄한 목소리도 한몫했다. 나는 금방 사랑에 빠졌다. 쉬는 시간이면 선생님 옆에 다가가 말을 걸거나 장난을 쳤다. 피아노를 칠 줄도 모르면서 괜히 건반을 눌러 보기도 했다. 선생님을 올려다보면 구레나룻부터 턱까지 난 푸르스름한 수염 자국이 보였다. 음악 선생님을 시작으로 한동안 내 이상형은 김강우와 김남길이었다.

그 선생님은 나를 귀여워했지만 그뿐이었다. 더 어떤 결정적인 사건은 없었지만 내가 게이라는 사실을 받아들이는 데는 충분했다. 그때의 나는 그걸 심각하게 받아들이

지 않았다. 혼란스럽지도 않았다. 어? 나 남자 좋아하네? 그게 다였다. 역시 나는 특별해. 애들과 달라. 그렇게 받아들였다. 애들이 모르는 나만의 비밀이 생긴 게 나쁘지 않았다.

그러니 학창 시절에 힘들었던 건 내가 게이라는 사실이 아니라, 게이라고 놀림받고 괴롭힘당한 것이었다. 남자애들은 약자를 잘 골라냈다. 약자가 되지 않기 위해 자신보다 힘이 약하거나 공부를 못하는 애들을 골라 자신의 '남성성'을 과시했다. 몇몇은 그렇게 과시하는 애들한테 빌붙고 협력했다. 나는 남자애들이 왜 그렇게 강자가 되고 싶어서 난리인지, 그게 정말 강자인 건지, 그것이 그들이 생각하는 '남성성'인지, 애초에 왜 강자와 약자를 나눠 괴롭히는지 이해할 수 없었다.

나는 약자에 속하는 아이였다. '여자 같다, 게이 같다'라는 소리를 자주 들었다. 한번은 화장실에서 "너 고추 있냐?" 하고 자신의 고추를 내게 내민 애도 있었다. (이건 아주 약과다) 그 애 고추는 작았고 털도 나지 않아 우스웠는데 나는 아무 말도 못 하고 얼른 그 자리를 떴다. 화장실에 있던 애들이 날 보고 낄낄대며 웃었다.

그때는 '남자'로서 '남자답지' 못한 게 부끄러웠다. 걱정스럽기도 했는데 그건 김현 시인의 산문에서처럼 길에서 가족과 함께 있다 그런 소릴 들으면 어쩌나 하는 종류의 걱정이었다. 작은 동네여서 애들도 눈치란 게 있었는지 다행히도 그런 일은 없었지만 하루하루가 불안했다. 목소리를 낮게 내 보려 했고 걷거나 말할 때 손을 덜 써 보려고도 했다. 하지만 '남자다워'질 수 없었다. 당연하다. 이제는 좀 지겨운 이야기다. 남자다운 건 없다.

뜬금없이 들리겠지만 당시 내 꿈은 원더걸스나 소녀시대가 되는 거였다. 변성기가 오기 전까진 태연과 예은 파트를 같은 키로 따라 부를 수 있었고 무대를 한두 번 보고도 안무를 금방 따라 했다. 타고났달까. 그때는 그렇게 생각했다.

장래 희망을 적어 낼 때가 있었다. 나는 '가수'라고 적었다. 그러자 내 옆에 앉은 애가 비웃었다.

"네가 뭔 가수야."

그 애가 적은 건 '공무원'이었다. 왜 남의 꿈을 비웃지?

저 미친놈이? 화가 났지만 나는 그 애한테 아무런 말도 하지 못했다. 그 애가 한 말이 무슨 뜻인지 잘 알고 있었기 때문이었다.

너는 원더걸스나 소녀시대가 될 수 없다.

투피엠이나 비스트는 더더욱 될 수 없다(물론 나도 되고 싶지는 않다).

그 이후에도 한동안 가수를 꿈꿨지만 누군가 내게 꿈이 뭐냐고 물어보면 남들처럼 선생님이나 공무원이라고 답했다. 부끄러웠고 나 자신이 끔찍이도 싫었다.

그런 좌절감들. 내가 받은 혐오와 멸시, 그리고 자기혐오까지. 그때부터 인생에 자신감을 잃은 것 같다. 나는 왜 남자답지 못하지? 왜 게이 같지? (게이 같은 건 또 뭘까.) 나를 있는 그대로 받아들이지 못하고 나 자신을 미워했다.

후에, 나는 나와 비슷한 경험을 겪은 친구를 여럿 만났다. 이건 개인적인 문제가 아니었다. 친구들 모두 주변에 도와줄 수 있는 사람이 없었거나 혹은 있어도 여러 이유로 손을 뻗지 못했다. 우리는 혼자 이겨 내야 했다.

그런 내가 고등학교를 졸업할 수 있었던 건 짝사랑하던 J 형 덕분이었다. J 형을 만난 건 사회 동아리에서였다. 나는 첫눈에 반했고 J 형과 친해지기 위해 노력했다. 빵이나 초콜릿 같은 걸 오가며 건넸고 복도에서 만나면 반갑게 인사하며 껴안았다. J 형은 당황해하면서도 받아 주었다.

J 형은 눈웃음이 이뻤다. 공부도 운동도 잘했다. 당시 내 블로그에 들어가면 J 형의 사진이 있는데 지금 보면 내가 저 형을… 왜… 좋아했더라? 싶긴 하지만 당시 J 형은 나에게 완벽했다. 나의 아이돌이었다.

J 형은 공부 중에도 틈틈이 『정의란 무엇인가』나 『덕혜옹주』 같은 베스트셀러를 읽었다. 입술을 삐죽 내밀고 머리를 긁적이며 읽는 모습은 정말 귀여웠고 나는 점점 J 형이 읽는 책이 무슨 내용일지 궁금해졌다. 그전까지 나는 책을 열심히 읽는 아이는 아니었다. 그런 내가 J 형을 따라 읽은 첫 책은 『엄마를 부탁해』였다(이때 신경숙 작가를 알게 됐고 오정희부터 김애란까지 한국 현대 여성 작가들의 소설을 읽기 시작했다).

신경숙의 「풍금이 있던 자리」는 유부남과 불륜 관계에

있는 여자의 삶을 그린 소설이다. 나는 그 소설을 무척 좋아했다. '치받침'이란 단어 때문이었다. 소설 속 여자는 상대가 유부남이어서 누구에게도 자랑할 수 없었고, 나는 상대가 동성이어서 누구에게도 내 마음을 말할 수 없었다. 나는 순식간에 소설 속 인물이 되었다. 익숙한 치받침이었다.

J 형에게 좋아한다고 고백했을 때, 자신은 동성애자가 아니라고 J 형이 말했다.

"그렇지만 걱정하지 마. 애들한텐 비밀로 할게."

열일곱 살의 나는 대체 무슨 생각으로 J 형에게 고백한 걸까? 이후 J 형은 고3이 됐고 우린 자주 보지 못했다. 또 한 해가 지나고 J 형은 졸업해 학교를 떠났다. 나는 혼자 학교에 남아 함께한 동아리방, 껴안았던 복도, 초콜릿을 주던 계단, 같이 달리던 운동장을 거닐며 J 형을 그리워했다.

나는 치받는 마음으로 J 형을 생각하며 글을 썼다. 그 글은 어쩌다 보니 소설이 됐고 운 좋게도 그 소설로 청소년 문학상을 받았다. 덕분에 국문과에 진학하게 됐고 문예 창작과로 넘어가 계속 소설을 썼다. 그리고 지금은 J 형에 관한 이야기를 쓰고 있다.

사실 J 형과의 추억은 이제 희미하다. 열렬히 좋아한 이유가 더 있을 텐데 잘 기억나지 않아 슬프다. J 형을 좋아했던 이유를 곰곰이 생각해 보니 다정함에 있었다. 또래 남자들에게서 받아 보지 못한 다정함. J 형은 나를 귀여워하고 존중해 주었고 내가 게이란 걸 알고도 전과 같이 대하려 노력했다. 덕분에 첫사랑에 대한 기억은 따뜻하다.

J 형은 잘 살고 있을까? 페이스북이나 인스타그램을 찾아봤지만 SNS는 안 하는 것 같다. 전화번호도 바뀌어서 알 수가 없다. 같이 동아리를 했던 다른 형에게 물어볼까 하다가 관뒀다. 시간이 많이 지났다.

바라던 대로 사회 선생님이 됐을까? 아니면 다른 일을 하고 있을까? 가끔 궁금하다. J 형이 실제로 나를 어떻게 생각했건, 언젠가 이 글을 읽게 되길 바란다. 당신의 다정함 덕분에 누군가가 끔찍했던 고등학교 시절을 버텨 낼 수 있었다는 걸 알기를 바란다. 또 여전히 다정한 사람이기를 바라고, 건강하기를 바란다. 그런 마음을 여기서나마 전한다.

스톤월* 도서상을 받은 『57번 버스』(데슈카 슬레이터 지음, 돌베게, 2021)는 치마를 입은 십 대 에이젠더** 사샤와 그의 치마에 라이터로 불을 붙인 흑인 소년 리처드에 관한 이야기다. 2013년 미국 오클랜드시에서 일어난 실제 사건이 배경으로, 사샤는 허벅지부터 종아리까지 2도에서 3도 화상을 입었고 리처드는 소년 교정 시설에 머무르다가 5년 형을 받았다. 겉보기에는 혐오 범죄로 보이는 사안이지만 그렇게 말하기엔 복잡하다. 리처드는 불이 붙어서 불덩어리가 될 줄 몰랐다고, 그냥 작은 불꽃에 그칠 줄 알았다고 말한다.

리처드는 호모포비아가 아니었으며 에이젠더가 무엇인지도 모르는 소년이었다. 흑인이란 이유로 차별받으며 자랐고 소년원에도 다녀왔으며 그의 교육 환경은 좋지 못했다. 게다가 친구 중 한 명이 길거리에서 총에 맞아 죽는 사건을 겪었다.

---

* 1960년대 미국에서 경찰의 급습에 맞서 성 소수자 집단이 항쟁을 일으켰던 술집. 이를 가리켜 '스톤월 항쟁'이라고 한다.

** 스스로 성별이 없다고 생각하는 사람.

나는 리처드를 이해할 수 있을 것 같았다. 그는 정말 몰랐던 거다. 그리고 잠시 생각했다. 당시 나를 괴롭히고 혐오하던 애들도 리처드와 비슷하지 않았을까. 게이에 대해 잘 모르면서, 퀴어에 대해 잘 모르면서 이성애-남성 중심 사회에서 자라 뭣도 모르고 포비아를 가진 게 아닐까. 그냥 무심코 돌을 던진 게 아닐까.

　가능하다면 이 글에 나를 괴롭히고 혐오했던 애들의 이름을 모조리 다 적어 놓고 싶었다. 그들의 무지와 혐오, 잘못을 낱낱이 적어 놓고 싶었다. 하지만 의문이 들었다. 그게 다 무슨 소용인가. 그 애들이 부끄러움을 알까. 그렇게 이 글을 쓰는 동안 무력한 나날을 보냈다.

　불쌍한 애들. 각자 처지가 달랐을 것이다. 다 이유가 있었겠지. 그런 생각을 안 해 본 것은 아니다. 책에서처럼 젠더와 계급, 사회와 환경 등 다양한 관점으로 그 애들을 다시 바라보려 했다. 나보다 신체적·정신적으로 상처가 많은 애가 있었을지도 모른다. 하지만 왜 매번 피해자가 가해자까지 신경 써야 하는지. 세상에 상처 없는 사람이 있을까?(있다면 이 세상이 더 미워질 것 같다.) 그들이 내게 한 짓을 떠올리면 용서할 수가 없다. 그건 타인에 대해 전혀 생각하지 않고 행한 폭력이었다. 단순한 장난이라니. 너무나 가해자 입장의 언어가 아닌가.

여성학자 정희진은 피해자의 가장 큰 피해는 성장하지 못하는 것이라고 말했다. 학창 시절 기억은 어느 날 불쑥 찾아온다. 책을 읽다가, 버스를 타고 약속 장소에 가다가, 잠이 오지 않는 어느 밤에 침대에서 뒤척이다가 툭. 대부분 끔찍하고 씁쓸한 것들이다. 스무 살 초반에는 그 시절의 일들이 내 모든 말과 행동, 생각에 평생 영향을 끼칠 거라 생각했고 실제로 당시엔 그랬다. 지금은 아니다. 고향을 떠나고 난 뒤로 차차 괜찮아졌다.

나는 운이 좋았다. 좋은 사람을 많이 만났고 대체로 일이 잘 풀렸다. 한번은 회사 동료에게 사랑을 많이 받고 자란 것 같다는 소리를 들었다. 그때 나는 그런가요? 하고 무덤덤한 척했지만 기뻐서 친한 친구들에게 내가 정말 그렇게 보이는지 묻고 다녔다. 그러다 최근에 글을 쓰기 위해 학창 시절을 떠올리다가 깨달았다. 나는 괜찮아진 게 아니었다. 크게 착각하고 있었다. 시간이 지나 무뎌진 줄 알았는데 그때의 상처가 아직도 마음속에 응어리로 남아 있었다.

나는 언제쯤 괜찮아질까? 왜 지난 일은 사라지지 않고 사람을 괴롭게 할까? 중고등학교 친구들과는 연락을 끊었다. 지금은 퀴어 친구들과 대학 친구 몇몇만 만난다. 친구들은 유쾌하고 섬세하다. 그들은 모르겠지만 존재만으로도 내게 위로가 된다. 나를 있는 그대로 존중해 준다.

사람은 상처를 받고도 남에게 상처를 주는 사람과, 상처를 주지 않으려 노력하는 사람으로 나뉘는 것 같다. 나 또한 미숙한 인간이므로 누군가에게 상처를 주지 않을까 생각하고 조심한다. 나는 상처 주지 않으려 노력하는 사람들의 힘을 믿는다. 그들의 다정함과 유쾌함과 섬세함을 믿는다.

많은 사람이 저마다의 자리에서 잘못된 사회를 바꾸고자 노력하고 있다. 당장은 무리지만 세상은 더 나은 방향으로 바뀔 것이고 바뀌고 있다. 괜찮아질 거다. 그러니 포기하지 않기를. 이건 나 자신에게 건네는 말이기도 하다.

＊ 이 글의 제목은 태연의 노래「내게 들려주고 싶은 말Dear Me」에서 빌려 왔다.

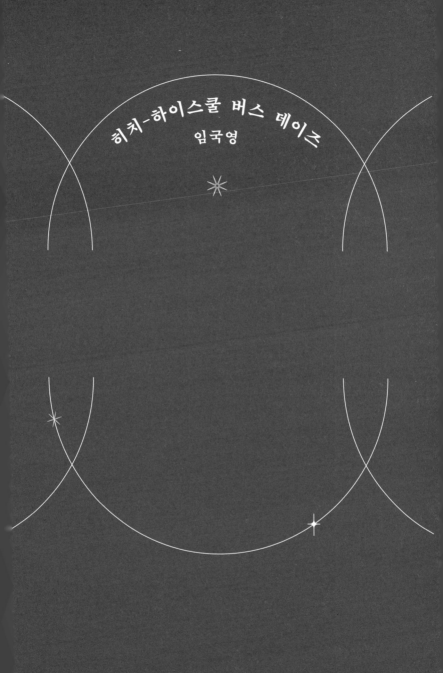

히치-하이스쿨 버스 데이즈

임국영

임국영

소설가. 2017년 『창작과비평』 신인 문학상을 수상하며 작품 활동을 시작했다. 단편집으로는 『어크로스 더 투니버스』가 있으며 유튜브 채널 '문장입니다영'을 기획 및 출연 중이다. 히치하이킹을 하며 학교를 다녔으며 지금도 종종 스쳐 지나가는 차량을 향해 손을 올리고 싶은 충동을 느끼곤 한다.

'그 시절'에 관해 이야기할 때 가장 먼저 떠오르는 것은 오후의 교문 밖 풍경이다. 성인이 된 이후에 만난 지인들은 하나같이 거짓말하지 말라며 핀잔을 줄 만큼 기이했던 그 광경은, 서른 중반이 된 나조차 기억을 조작했나 싶을 만큼 현실감이 없었다. 그러나 고향 친구들과 기억을 대조해 보면서 그 시기를 대표하는 이미지가 꿈이나 허언이 아닌 명백한 현실이었음을 새삼 실감하곤 한다.

　하교 시간, 교문을 벗어난 학생들이 보행자 공간이 확보되지 않은 비좁은 2차선 도로 위에 길게 줄지어 섰다. 똑같은 교복을 입은 학생 수십 명이 일제히 엄지손가락을 치켜들고 위아래로 흔들거나 친근한 이에게 하이파이브라도 요청하듯 한쪽 팔을 뻗었다. 그것은 그들 앞을 스치던 차량을 향해 보내는 수신호였고 그 의미는 명백했다.

맞아요, 히치하이킹입니다. 우리 좀 태워 주세요.

외지에서 찾아온 운전자들은 속도를 낮추고 난생처음 사파리를 체험하는 사람처럼 좌우를 살피며 입을 다물지 못했다. 호기심을 이기지 못한 운전자들이 몇몇 학생들을 태우고는 물었다.

"너희들은 원래 '이렇게' 집에 가니?"

그 질문에 대한 답은 물론 네,였지만 그들은 알지 못했다. 이 시골 동네의 아이들은 필요하다면 하교뿐만 아니라 등교 역시 히치하이킹으로 해결했다는 사실을 말이다.

아이들이라고 낯선 차량을 잡아타는 일이 마냥 즐겁고 편하기만 했던 것은 아니다. 그런 특별한 '대중교통 문화'가 정착된 것에는 나름대로 까닭이 있었다. '123'이라는 성의 없는 숫자가 붙은 유일한 마을버스는 배차 간격이 두 시간이었고 그마저도 그날그날 운행 시간이 들쭉날쭉 바뀌곤 했다. 내 경우만 따지더라도 학교에서 집까지 도보로 삼십 분이나 걸렸으며 거리가 더 먼 아이들은 한 시간은 예사로 넘었다. 사정이 이렇다 보니 버스가 시간 맞춰 정류장에 도착했다 하더라도 문을 열기조차 힘겨울 만큼 만석인 경우가 허다했다. 버스가 아예 정차를 포기하고 지나쳐 버리는 일 역시 적지 않았다. 그런 주제에 운전은 또 어찌나 난폭했는지 차가 언제 전복될지 알 수 없을 만큼 위태로웠다. 123km로 달려서 123번 버스가 아닐까 하는 농담이 돌 정도였다. 스쿨버스이자 마을버스인 이 차량은 모든 면에서 안심하고 편안하게 이용하기에 부적합했다.

대체로 집마다 차가 있긴 했으나 아침 일찍부터 농사일을 시작해야 하는 가정들은 자녀의 등교까지 신경 쓰기 어려웠다. 정상적인 대중교통과 부모님의 도움을 기대할 수 없었던 학생들로서는 드라이브 내지 관광 왔던 외지인들의 차는 물론 지나가던 동네 아저씨의 트럭(통칭 '포터'라 부르던, 뒤로 짐칸이 길게 달려 있던 1톤 규격 차량이었다. 포터를 잡아탈 땐 짐칸에 몸을 싣는 것이 룰이었는데, 하차를 알릴 때는 차량 지붕이나 벽면을 거세게 두들겼다), 경운기에 이르기까지 엔진으로 움직이는 것 무엇이든 얻어 타지 않고서는 제시간에 등하교를 마치지 못했던 것이다. 농담 보태서 소가 끄는 달구지 빼고는 다 잡아탔던 것으로 기억한다. 달구지는 못 탄 게 아니라 안 탔다. 그걸 타느니 차라리 걷는 편이 빨랐으니까.

이런 괴상한 교통수단이 자리 잡을 수 있었던 것은 특수한 속성을 지닌 도로 때문이었다. 본디 섬이었던 나의 고향은(엄밀히 따지면 다섯 살 때 이사 온 곳이라 그즈음에는 고향이라 생각하지 못했다) 당시 북쪽과 남쪽에 뭍과 연결된 다리가 생긴 지 얼마 안 된 시기였다. 유이唯ニ한 관문을 잇는 신작로가 마치 경추와 요추를 잇는 척추처럼 길게 뻗어 나갔다. 혈맥처럼 동네 곳곳으로 진입하는 골목 내지 산길을 차치하면 주요한 거점을 거치는 길목은 단 하나였던 것이다.

단 하나뿐인 길, 제한된 교통수단, 지나가는 차를 아무렇지 않게 잡아타는 아이들……. 당시의 나는 이 모든 일이 끔찍하게만 여겨졌다. 이렇다 할 대안 없이, 일면식도 없는 타인에게 몸을 의탁해 고정된 동선을 오가야만 했던, 그 길 외에는 달리 갈 수도 없고 갈 곳도 마땅치 않았던 상황이 말도 안 나올 만큼 싫었던 것이다. 이대로 내 삶 역시 뻔하고 갑갑하게만 흘러갈 것만 같았다.

10대 중반, 나는 뚜렷한 목표 하나를 설정했다. 이곳을 벗어나는 것, 하루라도 빨리 내 몫의 삶을 책임질 수 있는 어른이 되어 떠나 버리는 것이었다. 나는 내면이 꼬이고 꼬인 아이였고 나를 둘러싼 환경 전반이 마음에 차지 않았다. 학교에는 마음 터놓고 이야기할 친구 하나 없었다. 그렇다고 집에 돌아오면 안정을 취할 수 있는 상황도 아니었다. 아버지는 늘 술에 취해 잠들어 있거나 혹은 화를 내며 무언가를 때려 부쉈다. 이외에도 힘들고 답답한 일투성이였지만 내가 가장 괴로워했던 상황은 급식실에서 점심을 혼자 먹는 일이었다.

내가 다녔던 학교는 중학생과 고등학생이 같은 건물을 사용하는, '×× 중·고등학교'라고 불리는 곳이었다. 한 반에 서른 명이 조금 넘었는데 반은 두 개씩, 전교생을 합쳐도 사백 명이 안 됐다. 초등학교는 물론 유치원부터 같이 다녔던 아이들이 태반이어서 누가 누구의 동생이고 형이고 언니고, 또 그 애는 저 애의 가까운 친척인 그런 가족적인 틈바구니에서 나는 막막했다. 타고난 내향적인 성격 탓도 있었고 외지 출신이라는 의식 역시 크게 한몫했다. 그런 공간에서 급식 시간에 밥을 홀로 먹는 일이란 고역이었다. 누군가 특별히 따돌린 것도 아니었는데, 같은 동네 혹은 혈연끼리 똘똘 뭉쳐 다니던 그 공간에 태연하게 스며들 자신이 없었다. 책상에 엎드려 있다가 대부분의 학생이 식사를 마쳤을 즈음 뒤늦게 급식실로 향하곤 했다. 맛있는 음식은 꼭 가장 먼저 동나 있어서 곤혹스러웠다.

나는 줄곧 탈출로를 찾았다. 기숙사가 있는 타지의 고등학교에 진학하고자 나름대로 공부도 해 보았지만 쏟아부은 시간과 노력에 비해 효율이 떨어졌다. 공부에 재능이 없었던 것이다. 그렇다고 달리 잘하는 것이 있었느냐 하면 그건 또 아니었다. 미술, 음악, 운동 등 몸으로 하는 일은 모조리 처참한 수준이었고 하다못해 게임 실력마저 바닥이었다. 그래서 고심 끝에 중학생 시절 막바지, 소설을 쓰기로 결심했다. 잘하고 못하고 여부를 떠나서 그나마 책

읽고 글 쓰는 일은 좋았으니까, 한글만 알면 되고 따로 돈과 품이 안 들 것 같아서…… 말하자면 낮은 진입 장벽 때문에 시작한 길이었다. 물론 어디다 털어놓을 수 없는 이야기들을 마음대로 내놓을 수 있었던 점에 매료돼 소설 창작에 점차 빠져들긴 했지만, 어떤 의미로는 큰 고민 없이 장래를 결정했던 것이다.

"소설을 쓰자! 부와 명예를 얻어 이 섬을 탈출하는 거야!"

청소년기에 소설로 성공해서 학교를 그만두자는 성대한 계획은 물론 실패로 돌아갔지만, 이런 계기로나마 소설과 접선하게 돼서 다행이었다. 소설이 아니었더라면 지금까지도 나는 타인과 건강하게 소통하지 못하고 정서적으로 고립된 불안정한 사람으로 컸을지도 모른다. 소설이란 '나'라는 존재를 허구와 활자의 도움을 받아 이야기라는 또 다른 형태로 구축하는 일이었다. 그 과정에서 내가 어떤 사람인지 구체적으로 깨닫게 됐으며 점차 세계관이 단단해지고 넓어졌다.

세계관이라고 표현하긴 했지만 사실 말처럼 거창한 것은 아니다. 실상은 문화적인 코드, 즉 취향과 취미에 좀 더

천착하게 되었단 얘기니까. 무엇을 좋아하는지 깨닫는 일보다 자신이 어떤 사람인지 잘 알 수 있는 방법이 있는지 나는 알지 못한다. 나를 알아 간다는 것은 타인을 이해하고 교감할 준비를 갖춘다는 의미기도 했다. 그래서 나는 그즈음부터 마치 다리가 놓인 섬처럼 바다 너머에 존재하던 미지의 땅 같은 존재들과 교류하기 시작했다.

중학교를 졸업하고 같은 건물 같은 학교에서 고등학생이 됐다. 고등학생이 된 각오라고 한다면 있는 듯 없는 듯 살았던 중학생 시절과 마찬가지로 차분하게 이 시기를 버티자는 마음뿐이었다. 아무런 사건 사고 없이 결 따라 오롯이 흘러가길 빌었다. 그러나 고등학생이 된 첫날부터 바람처럼 일이 풀리질 않았다. 내 뒷자리에 '다른 섬' 출신 아이 J가 앉았던 것이다.

J의 섬에는 고등학교가 없었다. 그래서 상대적으로 더 큰 우리 동네로 '유학'을 온 것이었다. '다른 섬' 출신들은 하나같이 거칠고 난폭하다더니, 역시나 J의 눈빛은 날카롭고 매서웠다. 잘못 건드리면 당장이라도 폭발할 낌새였다.

그 아이의 시선이 내 등에 꽂혀 있는 것만 같아 위축되고 땀이 났다. 쉬는 시간에 J는 비스듬한 자세로 앉아 한쪽 손을 교복 바지 호주머니에 찔러 넣은 채 다른 손으로는 휴대폰을 들여다보았다. 그러다 별안간 중심을 잃고 휘청이더니 휴대폰을 바닥에 떨어트렸다. 휴대폰은 내 발치에 떨어졌고 나는 그것을 집어 돌려주려 했다. 휴대폰 배경 화면에 있던, 일본 애니메이션 「건담」에 등장하는 로봇들이 빔을 쏘며 날아다니는 모습이 눈에 들어왔다. 휴대폰을 건네주던 순간 J와 시선이 교차했다. J의 동공이 흔들리는 것을 나는 놓치지 않았다.

'뭐야, 친해질 수 있겠는데?'

건담에 관해 아는 건 없었지만 만화를 좋아했던 나와 J는 금세 가까워져 곧잘 수다를 떨었다. 그러다 옆자리에 앉은 S와도 대화의 물꼬가 텄다. S는 만화에도 관심이 많았지만 다양한 소설과 인문학 서적을 읽었으며 문장력이 뛰어났던 아이로 나로서는 내심 열등감을 느끼던 우등생이었다. 중학교 때도 우연치 않게 자주 인접한 자리에 앉곤 했는데 내가 책을 보고 있으면 어쩐지 적극적으로 독서를 방해하던 이상한 녀석이었다. 나는 그때 그게 괴롭힘이라 여겼고 S 때문에 학교에 나오고 싶지 않았던 적이 있을 정도로 스트레스를 받았다. 나중에야 나름대로 나를 친근하게 대하려는 S만의 기이한 애정 표현이었음을 깨달았다. 아무튼 그즈음부터 나와 S는 판타지 소설이나 고전 문학에 관한 이야기를 나눴다. 그러다 정신을 차리니 M마저 우리 사이에 자연스럽게 자리하고 있었다.

M과는 초등학생 때 함께 씨름부를 했던 사이로(몸무게가 많이 나가는 애들은 모조리 강제로 씨름부에 들어야만 했고 나 역시 피해 갈 수 없었다) 그는 말수가 적고 수줍음이 많았지만 큰 덩치만큼이나 힘이 센 아이였다. M은 힙합을 몹시 좋아하고 동경했다. 음악은 물론이고 춤에도 관심이 많아 쉬는 시간마다 그 큰 몸을 움직여 멋지게 스텝을 밟다가 불쑥 물구나무선 채로 팔과 허리 힘만으로 몸을 통통 튀게 하는 묘기 같은 기술을 선보였다. M 못지않게 나와 J 역시 힙합 음악을 좋아했고 우리는 노래방에 가서 박자도 음도 맞지 않는 랩과 침을 마이크에 대고 뱉어 댔다. 혹은 일본 애니메이션 주제가를 부르기도 했다. 당시 인디 음악에 빠져

있던 나는 M과 S와 함께 밴드 '피아'의 음악을 선곡하고 그로울링이니 스크리밍이니 하며 사람 목에서 나올 것 같지 않은 괴성을 질러 노래방 사장님에게 눈총을 받기도 했다.

취향 내지 문화적 코드란 사람과 사람을 잇는 가장 확실하고 단단한 전선이었다. 우리는 그 보이지 않는 전선으로 연결돼 찌릿찌릿했다. 비슷한 코드를 지녔단 이유 하나면 서로에게 애정이 생길 명분으로 충분했다. 이런 맥락에서 K와 가까워진 것은 다소 예외적인 경우였다.

어느 늦은 밤, 컴퓨터 게임을 하던 도중 밖에서 누군가가 나를 부르는 소리를 들었다. 창문을 열자 어둠이 뒤덮인 도로 위에 K가 서 있었다. 이 시간에 여긴 어쩐 일이냐고 묻자 K는 바다에 다녀왔다고 답했다. K는 가로등이 드문 어둑한 숲속의 밤길을 걸어 자기 집에서 왕복 두 시간도 넘는 거리를 다녀온 것이었다.

"갑자기 바다는 왜?"

이 질문에 K가 뭐라고 답했더라. 그냥 걷다 보니, 같은 말을 대수롭지 않다는 듯 꺼냈던 것 같다. 당시의 나로서는 속내를 다 이해하기 어려운 답변이었지만 그랬구나, 멋지다고 솔직하게 평했다. 어둠 속이라 얼굴은 자세히 보이지 않았지만 K는 웃고 있던 것 같았다. K는 창문을 가운데 두고 나와 잠깐 더 얘기를 나눈 뒤 집으로 향했다. 나는 K가 떠나고 난 뒤에도 창문을 닫지 않고 K가 서 있던 곳을 한동안 빤히 바라봤다.

K는 학교에서 이른바 '인싸'인 아이였다. 장난기가 넘쳐 거친 면도 있었지만 반장을 도맡을 만큼 주변에서 신뢰를 받았다. 그전에도 아예 교류가 없었던 것은 아니었지만 예기치 않은 한밤중의 대화 이후 K와 나는 자연스럽게 더 가까워졌다. 우리 사이에 공통된 취향이나 취미 같은 접점은 그다지 없었고 표면적인 성향도 달랐지만 이상한 일로 여기진 않았다. 설명하긴 어려웠지만 근본적으로 우리는 서로 비슷한 부류라는 것을 감각했다.

나중에 알게 된 사실이지만, 다른 지역에서 건너온 J를 제외한 친구들은 내게 전부터 호감을 표해 왔었다고 한다. 초등학교, 중학교 때부터 말이다. 나는 그것을 눈치채지 못했거나 외면했다. 자기만의 세계에 빠져 지내는, 흔히 말하는 '중2병'의 영향도 있었고 언젠가 떠나 버릴 곳의 아이들과 가까워지고 싶지 않아 무의식중에 거리를 두고 싶었던 모양이다. 지금 우리 눈에 보이는 밤하늘의 별빛은 까마득한 과거에 쏘아진 빛이라고 하던가. 나를 향해 날아온 시그널을 뒤늦게 깨달은 나는 감사한 마음으로 그 신호에 열렬히 응답하고 싶어졌다.

6월이 되면 우리는 수업을 마치고 앵두를 따러 동네 곳곳을 돌아다녔다. 주인 없는 앵두들을 두 손 가득 따고 담느라 축축하고 끈적였지만 기분이 나쁘지 않았다. 푸르고 붉게 물든 길을 거닐며 입안이 얼얼해질 만큼 앵두를 먹고는 지금만큼 즐거운 순간이 과연 얼마나 더 있을지 가늠하곤 했다. 히치하이킹으로는 갈 수 없는 골목과 산길을 훑다 보면 내가 미처 밟지 못했던 무수한 길들이 어떤 모습일지 궁금해졌다가 어쩐지 아득해졌다. 어디든지 갈 수 있을 것만 같았다. 그러자 어디로든 떠나지 않아도 나쁘지 않겠다는 데까지 생각이 가닿았다.

이상한 일이다. 괴롭고 외로운 나날은 지난하게만 느껴지는데 행복하고 꿈같은 시기는 어째서 봄 방학처럼 시작

됐다 금세 끝이 날까. 우리는 해마다 앵두를 따고 바다에 가고 대책 없이 걸어 다니다 고등학교 생활을 모두 흘려 보냈다. 그리고 우리는 모두 섬을 떠나 버렸다.

우리는 스무 살이 되어 타지로, 각자 다른 지역의 대학교에 입학했다. 이십 년 가깝게 폐쇄적인 지역에서 살아왔던 우리로서는 설레기도 했지만 어리둥절하고 낯선 마음이 더 컸다. 나는 바라 마지않던 때 도시에서의 자취 생활을 시작했지만 기대만큼 즐겁지 않았다. 밤이 돼도 불빛이 꺼지지 않는 자유로운 장소를 줄곧 동경했는데 도시는 내 짐작보다 어지럽고 복잡했다. 그래서 나는 자꾸 방향을 잃고 헤맸다.

이곳은 길이 너무 잘 닦여 있어. 그런데 이제 어딜 가면 좋을까?

밤거리에 멈춰 서서 M에게 문자를 보냈다. 답신은 없었다. 어쩌면 그런 내용의 문자를 적었다가 끝내 보내지 못했던가.

J는 종종 술에 취해 전화를 걸어왔다. 내내 횡설수설하던 J는 맥락 없이 '모르겠다, 나 왜 이러지?'라는 말만 반복했다. 나는 그 넋두리가 어떤 의미인지 알 것 같았다. 우리는 아마 같은 종류의 상실을 앓고 있었을 테니까. 그러나 그걸 안다고 해서 달리 대꾸할 말이 갑자기 생겨나진 않았다.

우리는 브레이크가 고장 난 차를 잡아타기라도 한 것처럼 멈출 방법을 찾지 못한 채 더, 더 어른으로 크고 말았다. 30대가 된 M은 세 아이의 아버지가 됐다. M은 어릴 적부터 입버릇처럼 빨리 가정을 이루고 싶다고 말했다. 하지만 래퍼나 댄서가 되겠다던 장래 희망과는 달리 직업 군인이 됐다. 한편 S는 신학 대학교에 진학했다가 졸업 무렵 나로서는 전혀 알지 못하는 기술을 배워 지방의 공사 현장을 돌아다녔다. 한때는 내가 아니라 S가 소설가가 될 거라 생각했기 때문에 내심 놀랐다. 이 두 사람은 명절이 되어도 고향으로 돌아오지 않았고 점차 얼굴을 보기 어려웠다.

한편 K와 J는 고향에 완전히 정착했다. 요리사가 되고 싶었던 K는 중장비를 몰며 산길에 흙먼지를 일으켰다. 도시에서의 짧은 사회생활을 정리한 J는 발전소에 취직해 경비직을 맡았는데 예나 지금이나 마땅히 하고 싶은 일이 없다고 했다. 다만 지금이 좋다고, 이대로의 삶에 만족한다고 말하는 얼굴에 거짓은 찾아볼 수 없었다.

누군가는 돌아오고 누군가는 떠나온 그 섬에는 현재 신작로가 더 넓고 촘촘하게 뿌리를 뻗었다. 한 대만 다니던 버스 역시 노선이 두어 개 늘었고 배차 간격은 삼십 분으로 단축됐다. 그래서 그런지는 몰라도 이 섬의 아이들은 더 이상 지나가는 차를 멈춰 세우지 않았다. 내 또래가 히치하이킹으로 등하교를 하던 마지막 세대였던 것이다. 실은 교복을 입은 아이들의 모습 자체가 눈에 띄질 않았다. 관광객은 과거에 비할 바 없이 늘었지만 거주민은 줄어만 갔다. 누구보다 섬을 벗어나고 싶어 했던 사람은 나였는데, 막상 사람들이 많이 떠났다고 생각하니 기분이 이상했다.

한번은 오랜만에 고향에 들러(출생지가 아니라는 이유만으로는 이제 와서 그 섬을 고향이 아니라고 할 수는 없겠지) 새로 생긴 길들을 살피며 걸음을 옮기던 중 낯선 경적을 들었다. K였다. K는 지게차를 몰아 가까이 다가왔고 나는 어릴 적 하던 것처럼 한쪽 손바닥과 팔을 쫙 펴고 수신호를 보냈다. 수신호의 의미는 변하지 않았다.

맞아, 히치하이킹이야. 나 좀 태워 줘.

나는 거칠게 덜컹거리며 도로 위를 달리는 K의 지게차에 앉았다. 우리는 담배를 피우며 지나치는 풍경을 배경 삼아 시시껄렁한 농담과 근황을 주고받았다. K가 모는 지게차는 내 본가 앞에 멈췄고 우리는 담배를 한 대 더 피우며 연락해, 조만간 술이나 마시자고 약속했다. K는 흙먼지를 일으키며 어딘가로 향했고 나는 그가 떠난 곳에서 한동안 시선을 떼지 못했다. 마치 어릴 적 K가 사라진 창밖을 바라봤던 때처럼.

술에 취한 J의 말버릇처럼 '모르겠다, 내가 왜 이러지?' 라고 속으로 혼잣말했다. 팔을 뻗어 지나가는 아무 차나 잡아 어딘가로 떠나고 싶었다. 몇 대의 차가 앞을 지나쳤지만 끝내 손을 들어 멈춰 세우진 못했다. 이미 오래전에 흩어져 사라진 시공간을 향하려면 무엇을 잡아타야 좋을까?

한동안 도로 위를 서성이다 돌아섰다. 남은 생 내내 '지금 이곳'을 떠나보낸 뒤 다시는 돌아오지 못할 것이라는 예감이 들었다. 그 사실을 알면서도, 다른 도리를 찾지 못하고 성급하게 걸음을 옮겼다. 그 어떤 시절에도 애정을 갖지 않으려는 사람처럼.

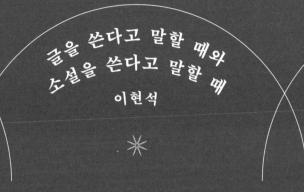

글을 쓴다고 말할 때와
소설을 쓴다고 말할 때

이현석

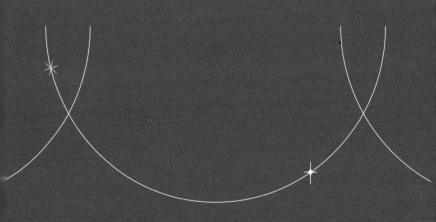

이현석

소설가. 직업 환경 의학과 전문의. 소설집 『다른 세계에서도』, 장편 소설 『덕다이브』 등을 썼다. 또한 작은 연구소에 소속되어 어떤 질병이 일터에서 비롯됐는지 판별하는 일을 하고 있기도 하다. 모르는 것을 모른다고 말하는 일과 어떤 식으로든 정답을 찾아야 하는 일. 이 두 가지 사이에서 균형을 찾으려고 애쓰는 중이다.

글을 쓴다고 말할 때와 소설을 쓴다고 말할 때, 나는 매우 다른 기분이 되곤 했다. 소설이라는 장르가 글에 포함되는데도 나는 그렇게 느꼈다.

　　'글을 쓴다'라고 말할 때 나는 그 '글'을 이렇게 받아들였다. 그것은 뭔가 논리도 있고, 근거도 있고, 무엇보다 결론이 있는 것으로, 가치 있고 쓸모 있는 단어와 문장의 집합이었다. 더 구체적으로 내가 현재까지 배우고 익힌 사실을 세밀하게 다듬어 명확하게 드러내는 단어와 문장의 집합이었다. 그래서 누군가 "너 지금 뭐 하냐?"라고 물었을 때 내가 "글 쓰고 있어."라고 답한다면 그때의 '글'은 칼럼이나 논문, 보고서 같은 종류일 확률이 높았다. 물론 이런 글만

'글'이 아니라는 것을 알지만 내 마음은 '글'을 그토록 좁게 받아들였다.

그러니까 나는 별다른 정보가 없는 글을, 결론을 제시하지 않는 글을, 최소한의 답도 제시하지 않는 글을 무가치하게 여겼다. 오랫동안 그래 왔다. 글을 읽는 것은 상당히 많은 에너지를 소모하는 일인바, 그만큼 에너지를 썼는데 결론도 알 수 없고, 정답도 알 수 없다면 왜 그런 글을 읽어야 한단 말인가. 정말 이렇게 생각했다. 따라서 내게 독서 시간이 주어졌을 때 문학 서적은 가장 나중에 찾는 종류의 책이었다. 그만큼 결론을 내리고 정답을 찾는 세계에 익숙했기 때문이었다.

왜 이런 세계에 익숙해졌을까 하고 생각해 보면 그건 아무래도 이 나라의 많은 청소년들이 그렇듯 내게도 청소년기라는 시절은 '시험'으로 압축되기 때문이리라. 점수가 낮으면 착하든, 바르든, 재미있든, 뭐가 어쨌든 용서가 되지 않지만 점수만 높으면 모든 것이 용서되는 바로 그 시험 말이다.

나는 시험에서 빵 점을 받아 본 적도 있고 백 점을 받아 본 적도 있다. 그래서 선생이, 부모가, 주위 어른이 빵 점짜리와 백 점짜리를 얼마나 다르게 대하는지 안다. 빵 점짜리가 됐을 때 겪었던 모멸감과 백 점짜리가 됐을 때의 달콤한 과실 사이에는 어마어마한 격차가 있었다. 그래서 빵 점보다는 백 점을 맞는 것이 그 시기의 정답처럼 보였다.

정답이 많은 것을 좌우하는 세상에서 자라다 보니, 우습지만 마냥 웃지는 못할 일화도 겪었다. 내가 가장 또렷하게 기억하는 것은 간담이 서늘해졌던 어느 평일 오후의 일이다. '용용이'라는 별명을 가진 친구와 친하게 지내던 때의 일이니 중학교 3학년 때였을 것이다. 밤톨처럼 짧게 깎은 머리와 교복 하복의 얇은 재질도 떠오르는 걸 보면 아마 1학기 중간고사와 기말고사 사이의 초여름이 아니었을까. 그때 용용이와 나는 대구의 한 아파트 단지 안에 있는 벤치에 앉아 무언가를 열심히 적고 있었다.

용용이와는 어릴 적부터 같은 아파트에 살았다. 초등학교, 중학교도 같은 곳을 다녔다. 하지만 같은 반이 된 적은 없어, 우리가 친해진 것은 같은 수학 학원에 다니기 시작하면서부터였다. 이즈음 사교육 업계에서 유행했던 수업

방식 하나가 강력한 체벌이었다. 학교도 아닌 학원에서 강사들이 학생에게 엎드려뻗쳐나 기마 자세를 시켰다. 엉덩이를 사정없이 때리기도 했고, 손바닥에 불이 나도록 매질을 하기도 했다. 이상하게도 학생을 매섭게 때린다고 소문이 날수록 학원은 문전성시를 이뤘다. 부모들은 줄을 서서 우리 아이를 좀 때려 달라고 학원에 등록했다.

법적으로 교사의 체벌이 금지된 것은 2012년 3월부터다. 그러나 내가 중고등학생이었던 90년대 말부터 2000년대 초까지만 해도 공교육 현장에서 체벌은 찬반이 팽팽히 맞서던 뜨거운 감자였다. 교사의 과도한 폭행이 드러나면 언론에선 입방아를 찧어 댔다. 학생을 때려도 된다, 때리지 말아야 한다로 패가 갈렸고 이것이 MBC「100분 토론」의 주제가 되기도 했다. 논란이 커질수록 교사들 또한 체벌에 부담을 느꼈다.

교사의 체벌이 줄어들자 교육열이 강한 지역의 부모들은 불안해했다. 그리하여 사교육 시장이 폭력을 외주받았다. 용용이와 내가 다녔던 수학 학원도 그런 곳이었다. 숙제를 제대로 해 가지 않으면 맞았고, 숙제를 했어도 틀리면 틀린 문제 수만큼 맞아야 했다. 강사는 혼신의 힘을 다해 때렸고 때리면 때릴수록 학원의 인기는 높아졌다.

용용이와 나 같은 학생들에게는? 공포였다. 중학생 때부터 일찌감치 문과의 길을 걷기로 결심할 만큼 수학에 자신이 없었던 나는 말할 것도 없었고, 나중에는 수의사가 되지만 그때만 해도 나사NASA 같은 곳에 다니는 것이 꿈이었던 용용이에게도 그 수학 학원은 공포였다. 숙제를 제대로 해 가면 괜찮지 않냐고 반문할 수도 있겠다. 그러나 나름 수학 영재였던 용용이마저 쩔쩔맬 수준의 숙제였다. 즉, 학원 숙제는 풀어 오라고 내 준 것이라기보다는 풀지 말라고 내 준 것에 가까웠다.

당연했다. 학생을 때릴수록 학원의 인기가 높아졌다. 때리려면 명분이 필요했다. 학생들이 숙제를 해 와도 틀리면 때릴 명분이 생긴다. 평범한 학생이라면 애초부터 다 맞히는 게 불가능한 숙제를 두고 우리는 발을 동동 굴렀다.

학원을 가는 날이 가까워질수록 공포가 엄습했다. 악몽도 꿨다. 숙제 자체도 어려웠지만 시간도 부족했다. 수학 학원만 갔을 리 없지 않나. 수학 학원과 나란히 붙은 영어 학원에서는 영어 학원대로 단어 암기 숙제를 내 주었다. 역시나 쪽지 시험을 쳐서 틀리면 틀리는 만큼 맞아야 했다. 아무리 용을 써도 맞을 게 뻔했다. 그렇게 절망에 빠져들고 있을 때였다.

"석아, 이거다! 우리 이제 살았다!"

용용이가 환하게 웃으며 말했다. 하굣길에 들른 대형 서점에서였다. 우리는 혹시나 하는 마음에 수학 교재를 뒤졌다. 처음에는 장난이었는데 찾다 보니 더는 맞고 싶지 않다는 마음이 커졌다. 거기 있는 모든 수학 문제집을 샅샅이 살피며 학원에서 내 준 숙제와 대조했다. 그러던 중 용용이가 책장 한구석에서 '구원의 책'을 발견한 것이었다.

우리는 지갑을 탈탈 털었다. 아무렇지 않은 척을 하며 차분하게 계산대로 향한 우리는 거스름돈을 받기 무섭게 서점을 뛰쳐나왔다. 거리로 나와 미친 듯이 소리를 질렀다. 완전 범죄를 저지른 이인조처럼 신이 나서 뜀박질을 했다. 벅찬 가슴을 안고 아파트 단지 정문에 들어서니 웃음이 나왔다. 정문에서 이어지는 오르막길을 뛰어 올라가던 우리는 중간쯤에서 숨이 부쳐 멈춰 섰다. 나는 차도 옆에 있는 벤치에 털썩 앉았다.

"용용아, 빨리 꺼내 봐라."

내가 재촉했다. 용용이가 가방에서 문제집을 꺼냈다. 우리는 우리의 전리품을 사이에 두고 벤치에 나란히 앉아 책 뒷부분을 살폈다. 초여름의 햇살을 받은 하얀 종이가 영롱하게 반짝였다. 거기에는 정답만 있는 게 아니었다. 풀이 과정까지 상세하게 쓰여 있었다. 감동이 파도가 되어 몰려왔다. 안 맞아도 된다. 더는 안 맞아도 된다. 우리는 환희의 하이파이브를 했다.

"야, 대박이다 진짜."

용용이와 나는 누가 먼저랄 것도 없이 학원 숙제를 꺼냈다. 숙제와 문제집을 대조해 가며 답을 베끼기 시작했다. 너무 똑같이 베끼면 자칫 티가 날까 봐 해설지에 쓰인 풀이 과정을 조금씩 변형했다. 가끔씩 일부러 틀린 답을 적기도 했고, 우리 둘 사이의 풀이 과정도 살짝 다르게 변조했다.

"내는 플러스로 쓸게. 니는 마이너스 괄호 마이너스로 써 뿌라."

"와따, 이현석이 잔머리 보소."

그로부터 물경 이십사 년이 지났지만 용용이와 그때보다 더 손발이 맞았던 때가 있었나 싶다. 한참이나 정신없이 해설지를 베끼고 있을 때였다. 우리가 앉아 있는 벤치 앞으로 자동차 한 대가 멈춰 섰다. 베끼는 데 여념이 없던 우리는 조수석 창문이 내려갈 때까지도 차가 우리 앞에 정차한 줄 모르고 있다가 "야들아."라고 우리를 부르는 목소리에 고개를 들어 멀뚱히 앞을 봤다.

"너것들 여서 뭐 하노?"

어머니였다. 용용이 어머니였어도 작은 문제는 아니었겠지만 내 어머니라서 내게는 더 문제였다. 등줄기에서 반사적으로 식은땀이 흘렀다. 일은 저질러 버린 뒤였고 들통나기 직전이었다. 연기라도 해 보았다면 그 상황을 면피할 수 있었을까. 우리는 그 정도로 약지는 못했다.

두 남중생의 굳어 버린 표정은 금방 어른의 의심을 샀다. 어머니가 자동차 시동을 껐다. 차 문을 여는 소리가 났다. 나는 두 주먹을 불끈 쥐면서 벤치에서 일어섰다. 용용이도 마찬가지였다. 어머니가 차 앞을 돌아서 오는 짤막한 순간에 우리는 눈빛을 교환했다. 그러고서 대단한 결심이라도 한 것처럼 서로를 보며 고개를 끄덕였다.

"너거 거기 안 서나! 진짜 죽을래!"

겁박도 우리를 멈출 수 없었다. 우리는 흩어져 다른 방향으로 뛰었다. 마치 이렇게 도망치면 당면한 문제가 해결되기라도 할 것처럼 목적지 없이 뛰었다. 한참을 마구잡이로 뛰다가 놀이터에서 용용이와 다시 조우했다. 우리는 동네 편의점으로 가서 아까 문제집을 사고 남은 거스름돈으로 슬러시를 사 먹었다. 편의점 앞에 쪼그려 앉아 차가운 음료를 퍼먹으면서 향후 대처 방안을 논의했다.

"너거 엄마가 우리 엄마한테도 말하겠제?"

"안 그렇겠나……."

말하고 나니 지난 일이 주마등처럼 스쳤다. 회한의 한숨이 나왔다.

"조졌네, 조졌다……."

용용이도 한숨을 쉬었다. 긴 논의 끝에 나온 결론은 각자 집으로 돌아가자는 것이었다. 용용이와 헤어지고도 두어 시간 방황한 나는 집으로 돌아가 고개를 숙인 채 벨을

눌렀고 수학 학원이 아닌 집에서 매를 맞아야 했다.

세월이 훌쩍 지난 지금, 용용이와도 부모님과도 깔깔 웃으면서 그때를 추억하지만 곰곰이 생각해 보면 그게 웃을 일인가 싶다. 정답을 맞히지 못하면 맞아야 하는 환경은 어느 모로 보나 야만적이었다. 그런 야만적인 환경은 본말이 전도될 정도로 정답에 집착하도록 만들었다. 정답을 추구하는 데 길들여지며 자라 온 사람이 비단 용용이와 나, 둘만은 아닐 것이다. 정도에 차이가 있을지언정 우리 세대는 대부분 정답을 맞히도록 키워져 왔다.

그래서였을까. 나는 '소설을 쓴다'는 말을 할 때면, '글을 쓴다'고 말할 때보다 훨씬 위축되곤 했다. 어쩐지 목소리도 작아졌고, 고개도 저절로 숙여졌고, 눈이 내리깔아졌다. 소설을 쓰는 일이 정답을 찾는 일과 너무 거리가 먼 일이어서 그랬는지도 모른다.

소설가가 되고 나서도 한동안 그랬다. 2022년 현재, 직업으로 소설을 쓴 지 오 년이 지났지만 여전히 소설을 쓸 때면 맞지 않은 옷을 입은 것 같다. 제대로 쓰고 있는지도 모르겠다. 낙관적이기보다는 비관적이고, 단순하기보다는 회의적인 터라 앞으로도 잘하고 있다는 확신을 스스로 가지기는 어려울 텐데, 역설적으로 나는 그래서 소설을 쓴다.

소설은 아는 것을 안다고 말하는 글이 아니다. 내가 생각하기에는 그렇다. 소설은 오히려 모르는 것을 모른다고 말하는 글에 가깝다. 이상하게 들리겠지만 나는 모르는 것을 보다 정확하게 모른다고 말하기 위해 소설을 쓴다. 그리하여 세상에는 명확하게 답할 수 없는 것도 있음을 밝혀냈을 때 나는 비로소 안심한다.

어쩌면 이것이 정답을 찾는 일에 길들여졌던 과거에 대한 반작용으로 보일지도 모른다. 하지만 그렇게 말하기에는 내게 정답을 구하는 일은 여전히 중요하다. 소설가가 아닐 때 나는 의사다. 정확한 진단은 내 일의 전부나 다름없다. 내가 아는 한도 내에서 정답을 찾거나 그 근사치라도 내놓아야 한다. 어디 의사뿐인가. 세상의 수많은 직업은 문제에 적절한 대답을 내놓기 위해서 존재한다. 엔지니어는 기계의 불량을 정확히 알아내 그것을 고쳐야 하고, 건축가는 오차 없이 건물을 설계하고 지어야 한다. 이 에세이를 편집할 편집자는 나처럼 어설픈 작가의 어설픈 문장과 문단을 더 나은 방향으로 개선해야 하고, 이 책을 홍보해야 하는 마케터는 한정된 예산으로 더 많은 사람들에게 이 책이 닿을 수 있는 적절한 방법을 강구해야 한다. 많은 경우 우리는 정답을 찾아야 하며, 나는 그 가치를 폄훼할 생각이 전혀 없다.

다만 이제 나는 정답을 구하는 일만큼이나 중요한 일이 있다는 생각을 한다. 그것은 바로 정확한 질문을 찾는 것이다. 정답을 구하는 일이 문제를 해결하는 데 초점이 맞춰져 있다면, 정확한 질문을 찾는 일은 문제가 무엇인지 알아 가는 과정에서 타인들의 입장을 헤아리며 내 생각의 오류를 짚어 내는 데에 가치를 두는 것이라고 나는 생각한다.

입장立場이란 한자어를 문자 그대로 풀면 '서 있는 땅'이 된다. 서로의 입장을 확인하기 위해서는 나부터 내가 어디에 서 있는지 알아야 한다. 우리는 결코 홀로 살 수 있는 존재가 아니기에 내가 어디에 서 있는지를 알려면 다른 사람은 어디에 서 있는지부터 살펴보아야 한다. 나 혼자서도 잘 살 수 있고, 나 홀로 잘났다는 허황된 믿음이 세간의 상식이 되어 가는 요즘, 일상을 지내다 보면 내가 아닌 누군가가 되어 보기란 결코 쉬운 일이 아니다.

놀랍게도 소설은 그것을 가능하게 한다. 내가 아닌 누군가가 되어 보게 만들고, 내가 겪지 못할 상황에 나를 처해 보도록 만든다. 그래서 나는 소설을 쓰기 위해 질문을 섬세하게, 또 엄정하게 가다듬는 것을 즐긴다. 질문을 날카롭게 벼려 가다 보면 대답하기는 더욱 어려워지지만, 그런 어려움이 나를 조금 더 인간답게 만들어 주기 때문이다.

어렵게 갈 수 있는 길을 쉽게 가고 싶어 했다면 소설을 쓰지 않았을 것이다. 이상한 사람처럼 보인대도 부정할 생각은 없다. 이렇게 사는 방식도 있으니까. 돌이켜 보면 정답을 찾도록 훈육되는 와중에도 나는 소설과 같이 답이 나오지 않는 일을 은근히 즐겨 왔다.

아주 처음에는 소설이 아닌 영화였다. 유튜브나 넷플릭스가 없던 시절에 나는 비디오 대여점을 내 집처럼 들락날락했다. 비디오 강의를 보라고 방에 들였던 비디오 플레이어 일체형 텔레비전은 밤이면 혼자만의 영화관이 되곤 했다. 특히 「EBS 독립 영화관」에서 방영되었던 영화들은 내가 모르던 다른 세계로 나를 데려갔다. 나는 지금도 송일곤 감독의 단편 영화 「소풍」을 처음 보았던 때의 느낌을, 가슴 한구석이 조용히 텅 비어 버렸던 그 기분을 잊지 못한다.

영화에 빠지면서 친해진 친구들이 몇 명 있다. 덕배(별명이다)는 그중에서도 가장 영화를 좋아했는데, 수능을 치고 나서 덕배와 자유 극장이라는 재개봉관에 갔을 때의 기억 또한 잊지 못한다. 그즈음 정재은 감독의 「고양이를 부탁해」라는 영화가 마니아들 사이에서 입소문이 났다. 덕배와 나는 수능 후 첫 영화로 그 영화를 택했고, 엔딩 크레딧이 올라갈 때, 뜨겁게 올라와 있던 무언가가 이상할 정도로 내 속에서 차분하게 가라앉았다.

얼마 전 「고양이를 부탁해」가 개봉 20주년을 맞아 다시 극장에서 상영됐을 때, 엔딩 크레딧을 보며 덕배를 떠올렸다. 그리고 피시 통신을 통해 알게 된 영화 동호회 사람들도 오랜만에 생각이 났다. 고등학교 2학년 때였나, 논술 경시 대회를 핑계 삼아 서울에 올라온 나는 홍대 앞 둘둘 치킨에서 그들을 만났다. 맥주를 마시는 누나와 형들 사이에 앉아 밤새도록 영화 이야기를 나누었다. 그중 몇 명은 지금 영화 감독이나 시나리오 작가가 되었고, 문화부 기자나 에세이 작가가 된 사람도 있으며, 소설가가 된 사람도 있다.

무언가에 매혹되어 버린 사람은 어쩔 수 없이 매혹된 것의 언저리라도 떠돌기 마련인가 보다. 아마 적지 않은 사람들이 그럴 것이다. 공전의 중심부에 있든, 주변부에 있든 저마다의 힘듦을 견뎌야 할 텐데 나는 그 공전이 내게도, 다른 사람에게도 깊은 상처로 남지 않기를 바란다.

작품을 만드는 일은 자기 자신과의 싸움처럼 보이지만 많은 경우 타인과 경쟁하는 일의 연속이기도 하다. 또한 작품을 쓴다는 것은 내 가장 약한 모습까지 까발려야 하는 일이기도 하다. 질시, 투기, 분노, 속 좁음, 자책처럼 내가 숨기고 싶은 나의 모습을 나를 알지도 못하는 사람들에게 드러내야 하니까.

하지만 이조차도 내가 사랑하는 일의 일부이기에, 나는 멈추지 못한다. 멈추기를 거부한다. 정확한 질문을 구하고, 모르는 것을 제대로 모르려고 애쓰는 일. 나는 이 일을 사랑한다. 그래서 이제 '소설을 쓴다'라는 말을 할 때 목소리가 작아지거나, 고개를 숙이거나, 눈을 내리깔지 않는다. 내가 사랑하는 일을 사랑한다고 주저 없이 말할 수 있다는 것이 얼마나 복된 일인지, 이제는 알고 있으니까.

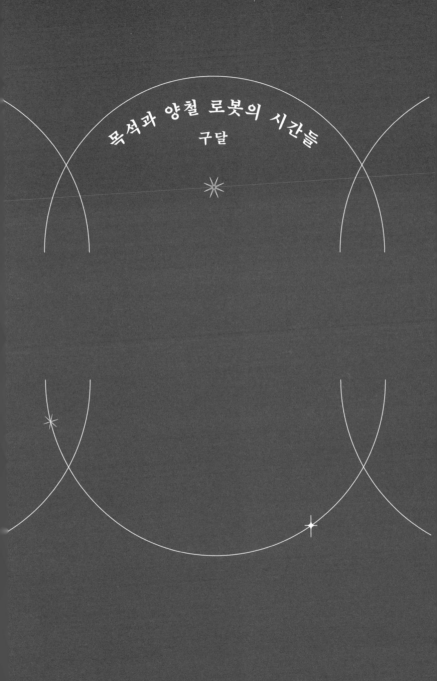

목석과 양철 로봇의 시간들
구달

구달

작가. 산문집 『아무튼, 양말』, 『읽는 개 좋아』 등을 썼다. 감정 표현에 서툴러 목석처럼 뻣뻣하게 굴던 시절에도 패션만큼은 진심이었다.

✳

 나는 상체를 꼿꼿이 세우지 못한다. 배에 근육은커녕 살점조차 별로 붙어 있지 않아서 가만히 서 있으면 몸통이 힘없이 앞으로 꼬부라진다. 보행 자세도 나쁘다. 골반이 틀어진 건지 양쪽 다리 길이가 미세하게 달라 비척비척 걷는다. 어릴 적에 한동안 교정기 같은 것을 다리에 착용하고 잤던 기억이 있는데 잘 고쳐지지 않은 모양이다. 누가 봐도 자세 교정이 필요한 몸이지만 당사자로서 딱히 느끼는 불편은 없어 구부정한 채로 지금껏 살았다. 그동안 나의 반듯하지 못한 자세는 때로는 누군가의 걱정거리였고, 가끔은 놀림거리였다. 중학교 2학년 하굣길에 내 걸음걸이를 우스꽝스럽게 흉내 내며 비웃던 애들이 생각난다.

그 일로 상처를 받지는 않았다. 정말이지 상처로 남을 만한 기억은 아니었다. 우리 학년에서 소위 일진 노릇을 하던 애들이 나를 따라 하기에 자연스럽게 시선을 피하며 지나쳤다. 그뿐이다. 열다섯 살에 세기말을 통과한 K 청소년으로서 학창 시절 내내 그보다 훨씬 불쾌하고 충격적인 일을 얼마나 많이 겪었던가. 매질, 단체 기합, 성희롱, 강제로 머리카락 잘리기까지……. 초등학생 때는 담임이 끈끈이를 놓아 잡은 쥐를 우리 눈앞에서 몽둥이로 때려 죽이기도 했다. 한데 어째서인지 이번 원고를 쓰기 위해 컴퓨터에 빈 화면을 띄워 놓고 구부정하게 앉아 있으려니 머릿속으로 계속 같은 장면이 떠오르는 것이다. 빤히 보이는 조롱을 못 본 척하며 태연하게 운동장을 가로지르는 교복 입은 여자애.

당시 내 옆에는 단짝 친구가 있었다. 그러니 최소한 스무 걸음을 떼고 일진들과 충분히 멀어졌다는 확신이 들 때쯤 고개를 돌려 이렇게 말할 법도 했다. "야, 쟤네가 나 따라 하는 거 봤어? 미친 거 아니냐." 그러나 나는 입도 벙긋하지 않고 걸었다. 정말로 아무것도 보지 못했다는 듯이.

슬그머니 허리를 세운다거나 걸음걸이를 반듯하게 하려 애쓰지도 않았다. 나는 알고 있었다. 내가 끝까지 아무런 반응을 보이지 않으면 그 일이 없었던 일처럼 되리라는 것을 말이다. 그래서 항상 그런 식으로 행동하곤 했다. 불편한 상황에 부딪히거나 복잡한 감정에 휩쓸릴 때면 일단 내 안에서 영혼을 뽑아내어 몸을 목석처럼 만들었다. 나무처럼 뻣뻣하게, 돌처럼 무표정하게 진짜 기분을 짐짓 감춤으로써 피하고 싶은 순간들을 모면했다. 「부부 클리닉 사랑과 전쟁」이 한 십오 년만 일찍 방영했더라면 학창 시절 내 별명은 '로봇 연기'의 달인으로 불렸던 장○○이 되었을지도 모른다. 기쁨, 슬픔, 짜증, 분노, 갈망, 의심, 놀람, 적의, 반가움 등등 인생의 온갖 감정을 오직 한 가지 표정으로 다 표현해 내던 그와 내 모습이 크게 다르지 않았을 테니까.

원체 기억력이 형편없는 데다 학창 시절 기억은 어쩐지 유독 더 흐릿한 터라, 어떤 경위로 목석처럼 무표정해지기를 택했는지는 나조차도 알 수가 없다. 다만 요 며칠 과거를 곱씹다가 이 '걸음걸이 일화'와 비슷하다면 비슷한 기억들이 뇌리에 남아 있음을 새삼 깨닫게 되었다. 그중 하나가 '인간 나이키 사건'이다.

내가 다닌 중학교에서는 각 학년별로 체육복 색깔을 지정해 주고 근처 문방구에서 사 입도록 지도했다. 1998년에 입학한 우리 1학년에게 배정된 색깔은 자주색이었다. 자주색이라니, 20세기 중학생이 본인의 퍼스널 컬러를 알리야 없었지만 본능적으로 거부감이 들었다. 당시 나는 패션에 있어 이상하게 고집을 부리는 면이 있었다. 처음 신어 본 학생용 스타킹의 탁한 연주황색을 견디지 못해 영하의 날씨에 아파트 비상구에서 엄마 몰래 스타킹을 벗고 허옇게 각질이 일어난 맨다리로 등교할 정도였다. 다행히 꼭 새로 사지 않아도 붉은색 계열 체육복은 입어도 괜찮다는 말이 덧붙었다. 가계 부담을 줄이려는 취지였을 텐데, 엄마를 들들 볶아 체육복을 사러 문방구 대신 나이키 매장으로 갔다. 그곳에서 마음에 쏙 드는 빨간색 운동복을 찾아냈다. 기억은 참 신기하다. 당시 담임 선생님의 이름은커녕 성별조차 모르겠는데 그때 고른 운동복 등에 박힌 나이키 로고의 압도적인 크기며 와플 조직 느낌의 원단 디테일은 마치 방금 옷장에서 꺼내 손에 쥔 듯 생생하다. 쉽게 설명하자면 힙합 베이스의 음악을 하는 4세대 아이돌이 안무 연습 영상을 찍을 때 입을 법한 스타일이었다.

체육 수업 날이 되어서야 뭔가 단단히 잘못되었음을 깨달았다. 자주색 문방구 체육복 무리에 인간 나이키의 등장이라……. 그런데 심지어 전신 레드였다면? 튀고 싶어 안달난 애, 메이커 입는다고 뻐기는 애, 어느 쪽이든 스캔들감이었다. 사방에서 힐끗거리는 시선이 느껴졌다. 돋보기로 모은 햇빛을 받은 종이처럼 심장이 타들어 갔다. 크로노스의 낫만 한 나이키 로고가 박힌 등이며 하얀색 굵은 선이 두 줄씩 그어진 허벅지며 아이들의 눈초리가 닿는 곳마다 살갗에 소름이 일었다. 그날 수업을 제대로 듣기는 했는지, 체육 선생님에게 혼쭐이 났는지 어쨌는지 잘 기억나지 않는다. 이십사 년이 흐른 지금은 체육복을 다 갈아입은 다음 혼자 입술을 물고 앞만 보고 걸으면서 운동장까지 가는 길이 너무 멀다고 생각했던 기억만이 또렷이 남아 있다.

돌이켜 보면 꼬맹이 주제에 패션에 진심이었던 나 자신이 제법 귀엽게 느껴지기도 한다. 하지만 1998년 당시의 중학교 분위기를 떠올리면 이내 등 뒤로 식은땀이 흐른다. 체육 시간에 빨간색 운동복을 입고도 '빨갱이' 같은 별명이 따라붙지 않은 것은 행운이다. 1학년 때 교칙에 맞춰 짧게 자른 단발머리를 1 대 9 가르마로 갈라서 귀에 꽂고 커다란 해바라기 모양 은색 핀을 꽂아 머리를 고정시키고 다닌 적이 있었다. 그 머리 모양이 예쁘다며 말을 건 친구도 있었지만 왕 핀이 눈에 거슬렸는지 머리를 툭툭 치며 시비를 건 무서운 선배도 있었다. 직접 고른 핀, 마음에 들어 택한 색깔, 타고난 걸음걸이까지 나라는 사람의 고유성이 드러나는 외적 요소들이 남들 눈에 우스워 보이거나 심지어 공격의 대상이 될 수 있음을 깨닫는 데는 그리 오래 걸리지 않았다. 안전해지려면 나를 감춰야 했다. 'one of 자주색'이 되어야 했다.

머리에서 뽑아낸 핀으로 내면에도 단단히 빗장을 질렀다. 가슴에 들어앉은 자아는 불안정하기 짝이 없어서, 머릿속에 도사린 생각들은 밑도 끝도 없이 어디로 뻗을지 몰라서 위험했다. 밤새 한숨도 못 자고 눈물을 쏟은 이유를 털어놓으면 꼴이 우스워지지 않을까? 욕심만큼 성적이 오르지 않아 약이 올랐다거나 사귀던 친구와 투투(22일)를 넘기지 못하고 깨져서 슬프다는 고백이라면 말하기가 조금은 쉬웠을지 모른다. 나는 그런 현실에 발붙인 일들에는 크게 관심이 없었다. 그보다는 소설 속 구절을 곱씹다가 마음이 괴로워질 때가 훨씬 많았다. 『죄와 벌』에서 가난한 대학생 라스콜리니코프가 기름을 발라 쥐 꼬랑지처럼 땋아 올린 전당포 노파의 숱 없는 머리를 도끼로 내리치는 장면을 읽고는 왜 죽였지, 왜 죽였지 하며 밤새 뒤척이는 식이었다. 밤마다 꼬리에 꼬리를 물고 이어지는 생각의 타래를 적당히 끊어 내질 못하고 질질 끌려다녔다.

　나를 밤새 숨죽여 울게 만든 원인은 죽음에 대한 공포였다. 현실에서 죽음을 경험한 적이 없음에도 어느 순간 죽음이 두려워졌다. 눈이 감기고 숨이 멎고 사고가 멈춘다는 것의 의미, 다음으로 이어지는 루트가 영영 끊기는 순간을 상상하면 불안해서 몸이 떨렸다. 잠을 제대로 이루지 못할 정도여서 결국 불면증을 얻었다. 항상 입맛이 없었고 만성 구내염에 시달렸지만 이 걱정거리를 누군가에게 털어놓을 용기는 나지 않았다. 언젠가 반드시 죽는다는 걸 생각하면 너무너무 무서워서 잠이 안 온다는 말은 "도깨비가 무서워 죽겠어"라는 말과 거의 동급이 아닌가. 웃음거리가 될 바에야 입을 꾹 닫는 편이 나았다. 무겁게 내뱉은 말이 의도와 다르게 가볍게 전달되거나 우스워지면 비참해서 견딜 수 없을 것 같았다.

고등학교는 집 근처 여고로 진학했다. 교복은 무난한 회색이었으나 초라하기 짝이 없는 거북이 등껍질 모양의 초록색 가방을 메야 했다. 그래도 이스트팩을 사겠다고 용돈을 모으지는 않았다. 그전까지 실업계 학교였다가 인문계로 바뀐 첫해에 입학한 터라 초반에는 교내 분위기가 어수선했던 것으로 기억한다. 몇몇 선배들이 신입생을 보면 침을 뱉기도 했다. 한번은 복도를 걷다가 마주 오던 선배가 고의로 휘두른 어깨에 턱을 얻어맞았다. 너무 당황했고 참기 어려울 정도로 아팠지만 겉으로는 지금 이 복도에 턱을 얻어맞은 사람이 있냐는 듯이 자연스럽게 가던 걸음을 마저 걸었다. 그즈음 나의 로봇 연기는 상당히 완성형에 가까웠다.

고교 생활은 단조로운 편이었다. 교실에서는 주로 잠을 잤다. 오전 수업만 있는 어느 토요일에는 조회 시간에 엎 드렸다가 눈을 떠 보니 종례를 하고 있었다. 집에 가려고 몸을 일으켰을 때 옆구리가 어찌나 아프던지, 장이 꼬인 줄 알았다. 4교시 내내 아무도 깨우지 않은 걸 보면 친구가 없기는 없었던 모양이다. 1학년 때 친해진 같은 반 H가 유 일한 고교 동창이기는 하다. 반이 갈리고도 삼 년 내내 이 친구하고만 점심을 먹었다. 대강당이나 체육관으로 이동 하면서 혼자라 뻘쭘해했던 기억도 난다. 한편으로는 내 이 름 마지막 글자를 꼬박꼬박 '아'로 바꿔 불러 나를 부끄러 움의 늪에 가두곤 하던 어떤 애의 동글동글한 얼굴, 내가 들고 다니는 소니 시디플레이어에 관심을 보인 친구에게 언니네 이발관 3집 앨범 첫 곡 「헤븐」을 들려주었던 장면 등도 떠오른다. 전반적으로 약간 외톨이 포지션이었던 건 맞는 듯한데 어쨌거나 고교 생활에 외로움이라는 정서가 배어 있지는 않았다. 혼자 가만히 있으면 마음이 고요해서 좋았다. 물론 내가 즐긴 것은 장자크 상페식 고독이었다. 프랑스 태생 삽화가 상페는 『진정한 우정』(열린책들, 2017)

이라는 인터뷰집에서 고독이 두려우냐는 질문에 혼자이고 싶지만 주변엔 사람이 그득해야 할 것이라고 답했다.

불편한 상황을 즉석 로봇 연기로 회피하는 버릇은 여전했다. 그래도 나름 머리가 굵어지기는 했는지, 예전보다는 로봇에서 인간으로 되돌아오는 속도가 빨라졌다. 하루는 생물 수업 도중에 선생님에게 문자 그대로 머리채를 잡혔다. 앞머리를 내지 않은 긴 머리칼을 커튼처럼 늘어뜨린 프란체스카 스타일이 어지간히 꼴 보기 싫었던 모양이다. 선생님은 굳이 교탁 앞에 앉은 애에게 고무줄을 달라고 하더니 성큼성큼 다가와 다짜고짜 내 머리를 거칠게 잡아당겨 묶었다. 부당하고 난폭한 행동에 항의하지 않고 잠자코 머리를 묶였단 사실은 돌이켜 생각해도 화가 나지만, 그 순간에 스스로가 수치스럽게 느껴지지는 않았다. 아이들이 수군거렸던 대로 "미친 건 선생"이었으니까. 어딘가에서 "와 얼굴 ×× 작아."라는 혼잣말이 들려와 속으로 실소를 머금은 기억이 난다. 그 꼴을 당하는 와중에도 듣기 좋은 말에 귀를 쫑긋 세운 나 자신이 웃겼다. 또 하루는 수업이 지루해서 교과서 귀퉁이에 낙서를 끼적이다가 들켜 망신을 당했다. 선생님이 짓궂게도 교과서를 낚아채어 거기에 쓰인 글귀를 큰 소리로 읽은 것이다. 겉으로는 태연하게 앉아 있었지만 단언컨대 살면서 가장 치욕적인 삼십 초였다. 한데 이 경험담에는 세트로 따라붙는 귀여운 일화가 있다. 쉬는 시간에 한 친구가 다가오더니 하트 모양 포스트잇을 건넸다. "가사 좋던데? 노래도 들어 볼게." 거기에는 선생님이 잔인하리만치 깐족거리는 말투로 한 단어씩 읊었던, 당시 내가 아주 많이 좋아했던 곡의 노랫말이 동글동글 꾸민 손 글씨로 적혀 있었다.

표류, 목마름, 시원해 보이는 잔인한 푸른 바닷물 같은 너

조규찬 5집 앨범에 수록된 「달」이라는 곡이다. 포스트잇을 건네받으며 친구를 향해 머쓱한 웃음을 지어 보였다. 보일 듯 말 듯 했을 그 희미한 미소가 내게는 성장의 증거였다.

집에서 시간을 보내는 방식도 조금 달라졌다. 중학생 때는 방에 틀어박혀 그렇게 '네모네모 로직'을 풀었다. 네

모네모 로직은 가로축과 세로축에 적힌 숫자만큼 빈칸을 칠하거나 비워 두면서 그림을 완성하는 퍼즐이다. 문제가 약 백이십 개씩 수록된 퍼즐 책을 열 권 넘게 사들여 풀고 또 풀었다. 수학여행을 가지 않고 학교에 남아 사흘 동안 책 한 권을 다 푼 적도 있다. 부록으로 받은 대형 퍼즐(「최후의 만찬」 같은 대작)을 아껴 두었다가 방학 기간에 완성해 내면 그렇게 뿌듯할 수가 없었다. 원래 무덤까지 가져가려 했던 은밀한 취미를 하나 더 고백하자면, 책상 위에 A4 용지를 깐 다음에 그 위에 동전을 올리고 커터 칼로 동전 한가운데를 반복적으로 긁어 구멍을 냈다. 엽전 꿰듯 동전을 줄줄이 꿰어 허리춤에 차고 다니면서 컵볶이도 사 먹고 오락실에도 가려는 목적으로 그 짓을 한 것은 물론 아니었다. 그냥 몸에 긴장을 풀고 무념무상으로 동전을 긁고만 있는 시간이 좋았다. 학교에 있는 동안 의식적이든 무의식적이든 말과 표정과 행동을 검열하느라 곤두선 신경을 가라앉히려는 노력의 일환이었는지도 모른다.

고등학교에 진학해서는 가운데에 동그랗게 구멍이 뚫린 시디 알판에 관심이 갔다. 퍼즐을 풀 때 종종 틀어 놓던 FM

라디오 덕이었다. 귀에 꽂히는 노래를 발견하면 제목과 가수를 적어 두었다가 당시 우리 동네 미도파 백화점 8층인가에 있었던 음반 매장에서 시디를 샀다. 등교하는 날 아침에는 소니 시디플레이어를 거북이 등딱지 책가방에 제일 먼저 챙겨 넣었다. 전날 밤에 고심해서 고른 시디 네 장도 휴대용 시디 케이스에 담아 야무지게 챙겼다. 시디플레이어 본체에 둘둘 감아 둔 이어폰 줄을 풀어 귀에 끼고 재생 버튼을 누르면 꾹 누르고 있던 감정들이 일시에 잠금 해제되는 듯했다. 좋아하게 된 가수의 '팬질'을 하기 위해 팬 페이지에 가입한 다음부터는 자유 게시판에 올라오는 글을 눈팅하는 재미에 눈떴다. 그저 좋아하는 연예인이 같을 뿐이지 서로 일면식도 없는 사람들인데 게시판에 오손도손 모여 시시콜콜한 일상을 나누고 감정을 토로한다는 게 신기했다. 부끄러워서 매번 글을 썼다 지우기만 하고 게시 버튼을 누르지는 못했지만, 절대다수가 언니였던 팬들이 올리는 글과 댓글을 읽는 것만으로 많은 걸 배웠다. 속상한 마음을 다정하게 어루만지는 섬세함, 실없는 농담을 위트 있게 받아치는 티키타카, 속 깊이 담아 둔 고민을 가볍게 너스레를 떨듯 털어놓는 방법 같은 것들.

애장품 1호였던 소니 시디플레이어를 언제 처분했는지 기억나지 않는다. 스무 살에 아르바이트를 해서 번 돈으로 거원 U2 엠피스리 플레이어를 구입해 자랑스럽게 목에 건 날이었으려나. 아이팟으로 갈아타고도 한동안은 시디를 샀지만 어느 순간 멜론 유저가 되어 있었다. 시디들은 두 상자에 착착 담겨 광으로 옮겨졌다. 이제 내 방에는 시디플레이어가 없다. 십 원짜리를 올려놓던 책상에는 2015년형 맥북에어가 놓였다. 키보드가 고장 나 스페이스 바를 엄지로 내리찍듯이 쾅쾅 두들겨 커서를 한 땀 한 땀 옮겨 가며 이 글을 쓰고 있다. 단짝에게조차 속내를 털어놓지 않던 아이가 자라서는 본인 이야기를 세상에 떠벌리겠다며 키보드를 박살 낼 기세다. 이 무슨 따뜻한 아이스커피 주문하듯 흐르는 인생인지 모르겠다.

며칠 전에 한의원에 다녀왔다. 허리 통증이 도져 원고 마감이 늦어질 것 같아 내린 특단의 조치였다. 한의원 치료실은 참회의 방이다. 등에 부항 단지 아홉 개를 붙이고 물리 치료기 위에 엎드려 끙끙대고 있으면 절로 과거의 나를 꾸짖고 반성하게 된다. 시간을 되감아 비척비척한 걸음으로 중학교 운동장을 가로지르던 순간으로 돌아가 말하고 싶었다. 하찮은 애들의 짓궂은 장난에 휘둘릴 필요는 없어, 그렇지만 허리는 제발 곧게 세우고 걷도록 하자. 그러곤 잠시 덧붙일 잔소리를 고민하다가 그만두었다. 귓등으로도 안 들을 게 뻔할뿐더러 무표정하게 굳은 그 시절의 내 얼굴을 오래 마주할 자신이 없었다. 열다섯 살의 나는 스스로 찾아낸 방법대로 목석과 양철 로봇으로 위장해혼돈의 청소년기를 통과하도록 내버려 두는 게 좋을 듯하다. 서른여덟 살의 내가 할 일은 그 시절이 남긴 흔적을 보듬고 또 극복하려 애쓰며 살아가는 일일 것이다. 아직까지도 타인 앞에서 솔직한 감정을 표현하는 게 어렵고 서툰 사람이라, 진심을 전해야 하는 상황이 생기면 아주 사소한 말일지라도 미리 대본을 써서 방에서 말하는 연습을 한다. 작년에는 오래 고민했던 장기 기증을 신청했다. 죽음에 대한 두려움을 여전히 잘 다루지는 못하지만 내 죽음이 누군가의 생명과 이어진다고 생각하면 마음이 조금은 편안해진다. 그간 써 온 에세이를 쭉 읽어 보다가 어떤 주제든 옷 이야기를 항상 끼워 넣는다는 사실을 깨달았다. 빨간색 나이키 운동복을 서랍 구석에 밀어 넣어야 했던 시절에 대한 살풀이가 아닌가 싶다. 요통은…… 필라테스를 끊든 자세 교정 밴드를 사 보든 해야 할 텐데, 일단은 부항 투혼으로 이 글을 마무리 지은 다음에 생각해 보려 한다.

도망치는 여름

권누리

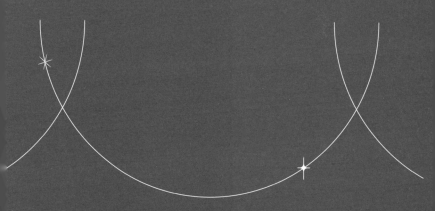

권누리

시인. 2019년 『문학사상』 신인 문학상을 수상하며 작품 활동을 시작했다. 『한여름 손잡기』 등을 썼다. 대구에서 태어나고 자란 스무 해의 기억을 지우기 위해 노력하다가 몇 해 전부터는 그 시간을 잊지 않기 위해 최선을 다하고 있다.

✳

　나는 내가 이렇게 될 줄 이미 오래전부터 알고 있었던 것 같다. 스무 살이 될 줄은 알았지만, 열아홉 살이 끝날 줄은 몰랐다고 쓰고 울었던 봄에도. 열아홉 살을 죽도록 싫어했지만, 꼭 그만큼 사랑했다고 썼던 날에도. 모든 게 정해져 있었던 것처럼 아직도 살아 있다.

　사실 나는 나의 10대를 거의 잊어버렸다. 어쩌면 잃어버린 것일 수도 있다. 손 잘 잡고 다니다가 사람 많은 데서 놓아 버렸을 수도 있다. 그러고는 달려서 도망친 것일지도 모른다. 아니다, 역시 이건 거짓말이다. 나는 걔를 방에 가둬 두고 왔다. 문은 잠그지 않았다. 그냥, 여기 있어 봐. 여기에서 살아. 일단 죽지는 말고, 읽을 책은 많으니까 심심하진 않을 거야. 다 두고 갈게. 이부자리에 누워 팔을 뻗으면 바로 손 닿는 위치에 세워 두었던 책장이 내 위로 무너지는 상상을 얼마나 자주 했는지 내가 가장 잘 알고 있었으면서도.

대구에서 태어나 자라면서
나는 도망칠 틈만 노리고 있었다.

대구는 더웠다. 하지만 솔직히 참을 만했다. 대구를 벗어난 경험이 거의 없었기 때문에 비교 대상도 부재했다. 뉴스나 인터넷 커뮤니티를 보면 대구의 한여름이 가장 덥다고 해서 그냥 그런 줄 알고 자랐다. 대구에서 나고 자란 애들은 대부분 폭설을 몰랐다. 아주 춥게 느껴지는 겨울날에 교실 창문 바깥으로 진눈깨비라도 흩날리는 걸 발견하면 사진을 찍어 눈의 증거를 남기기 바빴다. 쉬는 시간이면 건물에서 와르르 쏟아져 나와 운동장 트랙으로 뛰어들었다. 한눈팔면 금방 녹아 사라지는 눈이 대부분이었다.

아주 작은 눈사람이라도 만들 수 있거나 눈싸움을 할 수 있는 정도라면 굉장한 거였다.

아마 열여덟인가 열아홉 살, 겨울 방학 날이었다. 그날은 정말 이상하게 굉장히 오랫동안, 많은 눈이 내렸다. 발이 빠지고, 교통이 마비됐다. 나는 고등학생 때 동네 아파트 단지마다 들러 애들을 태우고 가는 셔틀버스로 등교를 했는데, 그것도 취소되었다고 했다. 별수 없이 걸어야 했다. 우산을 쓰는 것도 의미가 없을 정도의 눈이었다. 살면서 그런 풍경은 처음 보았다. 학교까지는 도보로 삼십 분 정도가 걸렸다. 옷 위에 쌓인 눈이 녹지 않은 채로 교실에 도착했다. 교실은 거의 비어 있었다. 학생이고 교사고 할 것 없이 모두 각자의 자리에 멈춰 있었다. 와하하 터지는 웃음소리를 들었다. 야, 얘 학교 도착하려면 칠십 분은 걸린대. 버스 안에 갇혔대.

내가 아는 세계가 거대한 스노볼 안에 몸을 구겨 넣고 있었다. 나는 대구에서 스무 번의 겨울을 경험했지만, 그런 겨울은 그해뿐이었다. 모조리 버려두고 왔다고 생각하면서도, 이런 기억은 잊히지도 않는다. 그때 내가 느꼈던 건 일종의 충격과 경이였다. 그리고 여기가 아닌 다른 곳에 대한 기대, 선망, 동경, 간절함 같은 것.

다 자라고 나서, 사람들과 이야기를 나눌 때마다 나는 종종 놀랐다. 생각보다 많은 사람이 자신의 유년기나 청소년기를 — 상세하게는 아니더라도 꽤 다양한 사건 또는 장면을 — 선명하게 기억하고 있었기 때문이다. 학창 시절에 만난 친구들과 여전히 연락을 주고받고, 만나고, 함께한다는 말을 들을 때도 신기함을 느끼곤 했다. 청소년기를 회상하다 보면 과거는 대체로 두 가지 경우로 나뉜다. 돌아가고 싶다, 또는 다시는 돌아가고 싶지 않다. 물론 과거의 기억은, 좋고 나쁨이 혼재되어 있는 가운데 현재와 비교하여 전반적인 인상을 평가한 뒤 결론이 내려진다. 사람들이 이야기하는 명랑하고 아름답고 슬프고 또 유쾌하고 조금 이상하면서도 힘들고 치열했던 과거를 듣고 있자면 나는 내가 조금 낯설어진다.

떠올려 보면 그때는 누구나 어깨 위에, 허리에, 분홍색

또는 파란색 담요를 두르고 있었다. 나는 친구들에게 생일 선물로 휴대용 베개를 선물받았다. 교과서를 몇 권 쌓고, 베개를 얹고 그 위에 엎드려서 잤다. 가끔은 자느라 점심을 먹지 않았고, 자주 보충 수업을 빠졌다. 학교에서 자면 나쁜 꿈을 많이 꿨다. 누가 죽거나 누구를 죽이거나 누구에게 죽었다. 길을 잃고 계단을 오르고, 길이 끝나고 계단이 무너졌다.

꿈 밖에서도 죽거나 다치는 사람이 많았다. 사고를 막으려고 채 반도 열리지 않게 해 놓았던 학교의 창문을 기억한다. 창문은 빗물 흐른 자국과 안에서 난 손자국으로 흐리고 더러웠다. 좁은 틈으로 들어오는 바람에도 커튼은 흔들렸다. 어느 밤에는 학교 뒤 공원에서 축제를 하며 폭죽을 쏘아 올렸다. 펑펑 터지는 소리에 몇 명이 창가로 따라붙었다. 아주 작고 희미한 불꽃이 캄캄한 하늘에서 침착하게, 동시에 약간 부산하게 흩어지고 있었다. 주황색이었다. 가로등 불빛과 뒤섞인 채였다. 누군가 모기가 들어오니 창문을 닫으라고 했다. 모두들 얌전히 자리로 돌아갔고 나는 그대로 엎드렸다. 기적 없이 시간이 흘렀다. 그게 좀 치사하다고 생각했던 것 같다. 내 기억은 이런 게 전부다.

그러니 여기에서 시작해야 한다.

나는 스무 살까지, 작고 투명하고 반듯하고 차가운 유리병에 든 내 생을 가만히 내려다보며 살아왔다. 마음이 좋지 않으면 병을 놓아둔 테이블 앞 자리에 앉아서 긴 시간을 보내곤 했다. 생은 대체로 잔잔했다. 그러는 중에 생은 조금씩 증발하고 있었다. 기화한 생은 간밤 꿈처럼 찬찬히 잊혀졌다. 주위를 둘러보기도 했다. 환하고 따뜻했다. 통유리창으로 긴 빛이 들었다. 아무래도 해가 지지 않는 여름이었다. 가벼우면서도 불편하지 않은 옷을 입고 얌전히 앉아 있었다. 목이 마르지 않았고 나의 생은 대신 마시려는 사람도, 병을 치우려는 사람도 없었기 때문에 병은 들릴 일이 없었다. 이대로 이곳을 벗어나도 괜찮을 거라는 생각을 했다. 남기고 가는 건 아쉽지만, 굳이 마시고 싶지는 않았다. 어쩌면 내가 진짜 원하는 건 이게 아니었을

지도 몰랐다. 더 맛있는 것, 더 새로운 것, 아니면 더 저렴하거나 더 양이 많은 것, 남이 사 주는 것, 메뉴에는 없지만 나를 위해 만들어진 것, 혹은 남의 것.

병은 넘어졌다. 포기하고 자리에서 일어나려 할 때마다 매번 병을 쳐 버렸기 때문이다. 쏟아진 것들을 보면 언제나 부끄럽고 미안했다. 내가 어쩔 줄 몰라 하고 있으면 누군가 와서 테이블과 바닥을 꼼꼼하게 닦고 컵을 챙겨 갔다. 테이블이 축축하지 않은지, 바닥이 미끄럽지는 않은지 확인하는 일도 잊지 않았다. 그러고는 다시, 작고 투명하고 반듯하고 차가운 유리병에 담긴 새로운 생을 가져다주었다. 더 오래 앉아 있어도 괜찮다고 말해 주었다. 그런 호의와 환대는 아무래도 익숙해지지 않았다. 나는 병을 테이블 한가운데로 옮겨 놓고 이전에 병이 있던 자리를 만져 보곤 했다. 조금 젖어 있었지만, 금방 마를 것 같았다. 그 테이블 위에 엎드려서 낮잠도 자주 잤다. 고개를 돌려 왼쪽 볼을 아주 붙인 채로 잠들었다. 손은 무릎 위에 가지런히 내려 두었다. 한참을 자고 일어나도 어두워지지 않았다.

열아홉 여름쯤에 가장 몰두했던 취미는 네 잎 클로버 찾기였다. 나는 학교 운동장 트랙 옆 작은 뜰에서, 아파트 단지 내 조경을 위해 식재된 좁은 잔디밭에서, 두류 공원에서, 본리 도서관으로 가는 길과 대구 미술관에서 그것을 찾아냈다. 물론 매번 네 잎 클로버를 찾을 수는 없었다. 네 잎 클로버는 있거나 없었기 때문이다. 그래서 나는 나의 즐거운 취미 생활을 위해 몇 가지 조건과 규칙을 만들었다. 풀밭을 걸을 때는 곁을 살필 것, 클로버의 유무와 그 규모를 확인할 것, 잠시 멈춰서 둘러볼 여유가 있는지 고민할 것. 하지만 그보다 중요한 건 너무 무리하지 않을 것, 얼마간 시간을 들여도 네 잎 클로버를 찾을 수 없다면 그대로 포기할 것, 네 잎 클로버를 찾기 위해서 들인 시간을 후회하지 않을 것. 돌이켜 보면 나는 줄곧 이런 방식으로 사랑을 해 온 것 같다. 그리고 사랑하는 마음은 나를 여러 방향으로 바꿔 놓았다. 그래서,

꼭 누군가를 기다리고 있는 것처럼 굴었다. 시간을 자주 확인했다. 문이 열리고 닫히는 걸 자주 내다봤다. 아무나 익숙한 얼굴을 보면 아는 체하고 싶은 마음이 불쑥 치

밀었다. 모르는 사람에게 자주 말 걸고 싶었고, 가끔은 안아 달라고 하고 싶었다. 언니와 누나들에게 사랑한다고 말했다. 이따금 병을 올려 두고 여기저기를 기웃거리기도 했다. 용기가 생기면 전신 거울 앞에 서서 나를 봤다. 비치지 않을 줄 알았는데, 거울 속의 나는 거울 바깥의 내가 움직이는 대로 잘 따라 했다. 손가락을 구부렸다 펼치거나 다리를 굽혔다 펴 보기도 했다. 몸을 좌우로 기우뚱거리고 머리카락을 빗어 보았다.

다시 자리로 돌아오면 병은 그대로 있다.

내 생의 근간은 죄책감으로 이루어져 있었다.

내가 뭐라도 사랑하려고 하는 동안에 시간이 흘렀다.

어떤 사람들은 불현듯 깨달아 버리거나 마침내 인정하면서 사랑하는 일을 시작하지만 나에게 사랑은 늘 열과 성을 다해 찾아내고 발견하는 것이었다. 여태 내가 발견한 사랑은 크거나 작았다. 만져지거나 만져지지 않았다. 멀리 있기도 하고 가까이 있기도 했으며, 움직일 수 있거나 움직이지 않았다.

어떤 것은 볼 수 없었다. 간혹 어떤 식으로든 볼 수 있다고 해도 만날 수는 없는 경우도 있었다. 대화할 수 있기도 했지만 가끔은 대화할 수 없는 종류의 것이기도 했다. 내 방으로 데리고 올 수 있을 때도 있었지만, 보통은 그러지 못했다.

한번은 생을 모조리 마셔 버리겠다고 생각하기도 했다. 나는 가방에 있는 것을 모두 꺼내 두었다. 버릴 것과 다시 집어넣을 것을 나누어 정리했다. 노트가 있어서 일기도 조금 썼다. 결심이 섰다. 옷매무새를 정리하고 병을 들었다. 그걸 한 번에 마시는 것도 쉽지는 않았다. 조금 마시고 숨을 쉬고, 다시 조금 마셨다. 어느새 병을 조금만 기울여도 맨바닥이 보였다. 부쩍 얄팍진 생을 앞에 두고 앉아 있으니 누가 왔다. 너 목 많이 말랐구나. 그러고는 병을 들고 가 생을 채워다 주었다. 그때 그 사람이 다시 돌아와서 뭐라고 말했더라. 이제는 아껴 먹어? 더 필요하면 말해? 이따 또 올게?

나는 여전히 빨간색 래커 칠이 된 디딤돌을 기억한다.

그건 내가 졸업한 초등학교 안의 좁은 샛길을 이루는 조형 중 하나였다. 본관 곁에 난, 주차장으로 가는 좁은 샛길은 전혀 관리되고 있지 않았다. 부정형의 디딤돌은 마구잡이로 자란 잡초로 뒤덮인 채였다. 주차장으로 가기 위해서라면 다른 길을 선택할 수도 있었다. 학교 본관 안쪽 건너에 잘 포장된 널찍하고 쾌적한 통로가 있었기 때문이다. 애초에 학교 후문을 통해 바로 주차장으로 가는 것도 가능했다. 샛길은 무용하게 느껴졌고 그래서 잊기도 잊히기도 쉬웠다. 내가 샛길에 대한 소문을 듣기 전까지는.

나는 언제나 마지막이 되어서야 소문을 듣는 사람이었다. 내가 이야기를 들은 것도 아마 많은 사람이 다녀온 뒤였을 것이다. 소문은 이런 것이었다. 샛길 디딤돌에는 각각 흰색, 초록색, 파란색, 빨간색 래커 칠이 되어 있는데, 그마다 어떤 미신이 담겨 있다고 했다. 흰색을 밟으면 아무 일도 일어나지 않는다. 초록색을 밟으면 성적이 오른다. 파란색을 밟으면 가족이 일찍 죽는다. 빨간색을 밟으면 그걸 밟은 사람이 일찍 죽는다는 것이 그 내용이었다. 그래서 디딤돌을 지날 때는 초록색만 밟아야 한다고 했다. 아이들은 서로 돌을 밟게 하며 놀았다. 밀고 당기거나, 소리를 질러 놀라게 하면서 어떻게든 '무서운' 돌 위로 가게 하도록 만들었다. 파란 돌을 밟고 그 위에서 울먹이는 아이를 보기도 했다. 물론 어떤 아이들은 부러 파란색을 밟고 빨간색 돌을 디뎠다.

아이들은 징검다리를 건너듯 겅중겅중 몇 개의 돌을 뛰어넘고 멈췄다. 놀이터 흙바닥에 시체가 든 관이 묻혀 있다거나, 아무도 없는 새벽 운동장 구석 정자에 앉아 있으면 누가 말을 건다거나 하는 이야기도 종종 들었다. 머리를 북쪽으로 두고 자면 안 된다든가, 베개를 세워 베면 안 된다든가, 거울과 거울, 혹은 거울과 문을 마주 보게 두면 안 된다는 말도 있었다. 붉은색 마스크를 쓴 사람이나 손톱을 뽑아 가는 귀신, 4층은 멈추지 않는 건물 엘리베이터의 작은 유리창에 대해서도 말했다. 마음에 들지 않는 사람 이름을 빨간 펜으로 적으며 놀던 시절이었다. 그러니까 어떤 공포는 놀이가 되기도 했다.

어쩌면 나는 샛길의 빨간 돌을 밟기 위해 기꺼이 그곳을 찾아간 순간부터, 아주 긴 농담을 시작한 것일지도 모르겠다.

그 공간은 몹시 안락했다. 누가 와서 가끔 울다 갔고, 싸우기도 했고, 시끄럽게 웃고 떠들기도 했다. 귀엽고 다정한 풍경이었다. 사람들이 움직이는 걸 보는 일이 좋았다. 모두 너무나 살아 있구나. 생각하다 보면 내게 병이 있다는 것이 조금씩 희미해졌다. 나와 내가 아닌 것을 나누어 보았다. 내 것과 내 것이 아닌 것에 대해서도 셈해 보았다. 아무래도 좋았다.

언젠가 나는 훨씬 가볍고 조금 연약한, 그러나 뚜껑이 덮인 병에 내 생을 담아 그곳을 벗어났다. 별수 없이 두렵고 긴장됐지만, 쫓겨난 것 같지는 않았다. 가방을 챙겨 메고 문을 열고 밖으로 나섰다. 종이 울렸다. 계절은 여전히 여름. 확신을 가지고 말할 수 있었다. 그리고 조금 더 많은 사람, 조금 더 많은 쓰레기, 조금 더 많은 노래, 조금 더 많은 공기, 조금 더 많은 부딪힘, 조금 더 많은 냄새, 조금 더 많은 사랑이 길가에 있었다. 병을 들고 걸었다. 가끔은 뛰었다. 도착지가 명확하지는 않았다. 운이 좋아서 돈이 남아 있었고. 걷다가 맛있어 보이는 게 있으면 사 먹기도 했다. 작은 열쇠고리 같은 것이나 배지도 샀다. 예쁜 스티커가 보여서 그것도 샀다. 편지지를 샀다. 머물 수 있는 곳이 생기면 편지를 쓸 요량으로. 지금이 아니면 다시는 마주치지 못할 빛과 그림자를 보면 사진도 찍어 두었다. 육교 난간에 기대서 밑을 내려다보았다. 차가 많았다. 다들 어디로 가고 있었다. 그런 게 좋았다. 목이 따끔거리면 생을 조금 마셨다. 여전히 시원했다.

거기에 모조리 버리고 왔으면서도. 가끔은 기억에 대한 주체성이 내가 아닌 기억 그 자체에 있는 것 같다. 그러니까 내가 기억하기로 마음먹어서 그것을 가둬 두거나 묶어 두거나 잡아 두는 것이 아니라, 기억이 나에게 남아 있겠다고 결심해서 오래 머무는 것처럼 느껴진다는 것이다. 내 의지와는 무관하게 오래 남아 있는 장면의 존재도 그 때문으로 이해된다. 그러나 어떤 기억들은 저 멀리로 떠나갈 때, 결정적인 흔적을 남겨 놓기도 한다. 예를 들면 마음 같은 것. 나는 슬픔, 우울함, 외로움, 기쁨, 성취감, 서러움, 절망, 희망, 놀라움, 신뢰감, 상실감, 감격스러움, 두려움, 사랑과 같은 마음을 경험하거나 떠올릴 때마다 떠나간 기억의 얼굴을 본다.

대학교에서 인물이 원래 살던 곳을 떠나면서 시작하는 이야기와 인물이 원래 살던 곳으로 돌아오며 시작하는 이야기에 대해 배웠다. 인물이 떠나면서 끝나는 이야기와 돌아오면서 끝나는 이야기에 대해서도 배웠다. 그리고 그 수업을 들을 때, 슬픔이 슬픔을 불러오는 걸 구경하며 내 방을 지키던 열아홉을 떠올렸다. 그 무렵에는 내 생에서 가장 환대받지 못하는 손님은 나라는 사실이 오히려 나를 지키는 것 같았다. 떠나면 돼. 언제든지 나가 버리자. 내가 나의 여기저기를 두드리며 모든 것의 결말을 조금씩 망쳐 가던 때, 불현듯 아무도 나를 포기하지 않았다는 사실이 거짓말처럼 느껴졌다. 하지만 이제는 알고 있다. 나를 포기하지 않은 것들 중에는 나도 포함되어 있었다는 것에 대해서 말이다.

졸업해도 되나요

초판1쇄 발행 2022년 12월 16일

지은이 신미나, 송희지, 안미옥, 정유한, 임국영, 이현석, 구달, 권누리
펴낸이 강일우
편집 이혜선
펴낸곳 ㈜창비교육
등록 2014년 6월 20일 제2014-000183호
주소 04004 서울특별시 마포구 월드컵로12길 7
전화 1833-7247
팩스 영업 070-4838-4938 / 편집 02-6949-0953
홈페이지 www.changbiedu.com
전자우편 contents@changbi.com